PERFECT ROAD

전진검 장편 소설

FUSION FANTASTIC STORY

퍼펙트 로드 1

전진검 장편 소설

초판 1쇄 찍은 날 § 2014년 8월 13일
초판 1쇄 펴낸 날 § 2014년 8월 19일

지은이 § 전진검
펴낸이 § 서경석

편집부장 § 권태완
편집책임 § 박은정

펴낸곳 § 도서출판 청어람
등록번호 § 제387-1999-000006호
등록일자 § 1999. 5. 31
어람번호 § 제1-1913호

주소 § 경기도 부천시 원미구 부일로 483번길 40 서경B/D 3F (우) 420-822
전화 § 032-656-4452 팩스 § 032-656-4453
http://www.chungeoram.com
E-mail § chungeorambook@daum.net

ⓒ 전진검, 2014

ISBN 979-11-316-9151-9 04810
ISBN 979-11-316-9150-2 (세트)

PERFECT ROAD

퍼펙트 로드

전진검 장편 소설

FUSION FANTASTIC STORY

도서출판 청어람

PERFECT ROAD

퍼펙트 로드

CONTENTS

프롤로그		7
제1장	이누이트	15
제2장	각성, 그리고 귀국	37
제3장	돈! 돈! 돈!	61
제4장	초인공지능 메시아	91
제5장	세상 참……	123
제6장	그 여자, 아린	153
제7장	폴라리스	189
제8장	길드 마스터	237
제9장	작전 개시	273

프롤로그

미국 최초로 쏘아 올린 인공위성 익스플로러 1호.

공식명 알파 1958.

플로리다 주에 있는 케이프 커내버럴 공군 발사기지에서 주노 1로켓에 실려 발사된 이후 본격적인 우주 경쟁의 시작을 알렸다.

시간은 흘러 22세기. 수천, 수만 개의 인공위성이 우주로 향했다. 인공위성은 수명이 되거나 임무를 다하면 그대로 방치된 채 지구궤도를 떠돌았다.

말하자면 우주 쓰레기가 된 것이다.

이 외에도 인공위성의 추진체로부터 흘러나오는 미세한 입자들, 로켓에서 떼어져 나온 페인트 조각, 우주 비행사가 사용한 도구들조차 우주 쓰레기가 될 수 있었다.

숫자가 적을 땐 괜찮았다. 그러나 우주 쓰레기의 숫자는 기하급수적으로 증가했다.

그들은 지구궤도를 초속 10km의 속도로 돌며 수많은 문제를 일으켰다.

지구로 곤두박질쳐서 인명피해를 내는가 하면, 정상 작동하는 인공위성을 들이박아 치명적인 손실을 내기도 하였다. 우주 쓰레기 때문에 목숨을 잃는 우주인도 많았다.

가만히 내버려 두면 머지않아 우주로의 진출 자체가 막혀버릴 것은 자명한 사실이다.

과거 우주 쓰레기가 지구에 떨어지면 그 자체만으로도 큰이슈가 되었지만 지구궤도를 떠도는 1㎝ 이상의 우주 쓰레기의 숫자가 천만 단위를 넘어가자 뉴스에도 나오지 않는 흔한일이 되고 말았다.

문제가 심각해진 다음에야 미국 정부는 우주 쓰레기와의 전쟁을 선포했다. 논란이 제기되고 수십 년 만에 실질적으로 움직이기 시작한 것이다.

작전명 '화이트 스페이스(White Space)'.

원리는 간단했다. 청소위성을 쏘아 우주의 쓰레기를 모은다음 대기권에서 태운다는 발상이다.

동시에 수천 개의 청소위성이 지상으로부터 발사되는 계획이 수립되었다. 정밀한 일의 처리를 위해 그것을 조정하며 쓰레기를 수집할 사람이 대거 필요해졌다.

바야흐로, '우주 쓰레기 청소부'가 탄생하게 된 배경이었다.

소형 우주선의 조종간을 운전하며 박현준은 길게 한숨을 내쉬었다. 치워도 치워도 끝이 없는 우주 쓰레기가 눈앞을 가득메우고 있었다.

'다른 놈들은 노는 거야, 뭐야?'

현준은 벌써 3년째 우주에서 이 짓을 하고 있었다. 하지만 3년 전이나 지금이나 지구궤도상에 존재하는 쓰레기의 수는 비슷한 것 같았다.

자신처럼 소형 우주선을 몰며 쓰레기를 치우는 청소부가 천단위는 될 것인데 어째서 양에 변화가 없어 보이는지는 풀리지 않는 미스터리였다.

현준은 조종간을 통해 우주선에 달린 두 개의 갈고리를 움직였다. 갈고리가 정밀하게 움직이며 우주에 떠다니던 부서진 철제 조각을 쥐었다.

곧 우주선 중단부가 열리고 거대한 상자 하나가 나타났다. 그곳에 철제 조각을 넣은 뒤 현준은 남은 작업을 속행했다.

땀이 비처럼 흘렀다. 슬쩍 고개를 돌려 온도기를 확인하자 무려 43도였다. 정거장에서는 멀쩡하던 조절기가 고장이 난 모양이었다.

"가는 날이 장날이라고……."

현준은 구시렁거리며 조종간을 움직였다.

어차피 이 짓도 오늘이 끝이다.

'길었어.'

미국 유학 중 억울하게 강도 누명을 뒤집어쓰고 징역을 선고받았다. 무려 10년형이었다. 그나마 모범수로 선택되어 우주 쓰레기 청소부가 되었다. 3년만 하면 풀어주겠다는 조건으로 말이다.

3개월의 수업을 받고 투입되어 3년을 모두 채웠으니 이제는 돌아가는 것뿐이었다. 고향인 한국으로. 어차피 미국에서 재학 중이던 대학은 강제퇴학절차가 밟혔을 터라 사실상 갈 곳이 없었다.

'내가 지은 죄가 아닌데……'

돌아가 봤자 한동안은 사람 취급 받지 못할 가능성이 컸다. 그래도 몸 성히 돌아간다는 그 하나가 위안을 가져다주었다.

직접 본 적은 없지만 지구궤도 너머의 우주에는 해적들이 존재한다고 한다. 그들에게 잘못 걸려서 죽었다는 이의 숫자도 상당했다.

3년을 채웠으니 이 지긋지긋한 우주와도 이별이었다.

현준의 손이 빨라졌다.

얼마 지나지 않아 상자가 가득 찼다.

'저건?'

할당량을 끝내고 정거장으로 돌아가려는 찰나, 현준은 우주 쓰레기 더미 안에서 빛나는 작은 돌을 발견했다. 잘못 본 건가 싶어서 눈을 비볐지만 확실히 있었다.

모니터 상으로 비치는 화면을 확대하자 그것은 알과 같은 형태를 하고 있었다. 성인 남성 주먹과 비슷한 크기의 돌멩이가 푸른빛을 일정한 간격으로 뿜어내는 중이었다.

현준은 그것을 한동안 하염없이 바라보았다. 돌을 본 순간 무언가에 끌리듯 눈을 뗄 수 없었다.

현준은 갈고리를 움직여 돌멩이를 쥐었다. 이어 우주복을 점검하고 생명줄을 연결해 우주선 바깥으로 나갔다.

조심스럽게 발을 옮기며 갈고리가 있는 곳에 다다랐다. 현준은 손을 뻗어 빛나는 돌멩이를 잡았다.

두근!

돌을 쥔 순간 심장이 미칠 듯이 뛰어대기 시작했다. 온몸의 혈관이 수도 없이 팽창하고 축소하길 반복했다.

빛나던 돌이 천천히 손바닥 안으로 흡수되었다. 하지만, 현준은 그를 알아차릴 수 없었다.

뜨겁다!

온몸이 타버릴 것 같았다. 정신을 차리는 건 불가능하다. 현준은 비명을 내질렀다.

"끄아악……!"

화르르륵!

단순히 기분만 그런 게 아니었다. 이윽고 몸에서 화염이 피어올랐다. 화염은 순식간에 우주복을 태웠다. 거기서 멈추지 않고 생명줄을 타고 올라 우주선으로 옮겨갔다.

공기가 없는 곳에서 불이 번지는 건 불가능하다. 아니, 불

자체가 날 수 없었다. 그러나 의문은 길게 이어지지 않았다.

콰앙!

폭탄의 도화선처럼 생명줄을 타고 불이 번지자 머지않아 우주선이 폭발을 일으켰다.

폭발의 여파는 현준에게도 닿았다.

현준은 타오르는 고통과 함께 몸이 어딘가로 날아가는 느낌을 받으며 정신을 잃었다.

우주 쓰레기 청소부 박현준.

출소를 고작 하루 남겨두고 변(變)을 당한 것이다.

제1장

이누이트

현준은 눈을 떴다.

시야가 물먹은 것처럼 흐릿하다.

얼마나 오래 정신을 잃고 있었는지 두통이 급습했다.

"으……."

머리를 절레절레 흔들며 눈에 힘을 줬다. 조금씩 세상이 밝아진다.

'얼음?'

현준은 고개를 갸웃했다.

주변은 온통 얼음천지였다. 네모나게 잘린 얼음이 돔 형태로 쌓여 있었다.

어쩐지 익숙한 모습이다. 현준은 곧장 자신이 누운 곳의 정체를 파악할 수 있었다.

'이글루!'

틀림없었다. 얼음을 돔 형태로 쌓아두는 대표적인 건축물은 이글루밖에 없었다.

2명이 누우면 가득 찰 만큼 좁고 안은 썰렁했다. 입구 쪽에 매달린 꺼진 등불 하나가 전부였다.

상체를 일으키자 모포가 흘러내렸다.

'왜 내가 이글루에?'

출소가 코앞이었다. 우주를 돌며 마지막 청소를 하고 있었다. 그러던 도중 특이한 돌멩이를 발견했다.

현준은 고개를 끄덕였다. 푸른빛을 내뿜던 돌멩이. 그것을 가지러 우주선 바깥으로 나갔다. 무언가에 홀린 듯이.

그리고…….

'몸이 불탔지.'

우주선도 폭발했다.

현준은 급히 자신의 몸을 살폈다.

두꺼운 가죽옷을 두른 채였는데, 딱히 상처가 보이진 않았다.

'내가 어떻게 살아 있는 거지?'

황당하기 그지없는 일이었다.

우주에서 미아가 되었다. 살아남는 건 불가능하다. 우주복도 불타지 않았던가.

이글루가 있다는 건 이곳이 북극이라는 뜻이다. 남극은 춥고 먹을 게 없어서 사람이 살 만한 대지가 되지 못한다는 걸 지식으로나마 알고 있었다.

원정대일 경우는 배제했다. 그들이라면 텐트를 치지 굳이 이글루를 만들지는 않을 것이다.

그나저나 북극이라니.

사실이라면 대기권을 돌파하여 북극에 착지했다는 소리가 된다.

'사후세계 뭐 그런 건가?

별의별 망상이 머릿속에 똬리를 틀었다.

여기가 현실이든 사후세계든 자신을 이곳으로 데려온 이가 있을 터였다.

현준은 상체를 일으켰다.

그 순간 누군가가 작은 통로를 향해 들어왔다.

"ᐃᖃᓂᐹᑕ ᓂᖅ!"

수염이 덥수룩한 남자였다. 그는 현준이 일어난 것을 보고 알아들을 수 없는 단어로 말했다.

남자는 모피 옷과 두꺼운 털모자를 쓰고 있었다. 한 손에는 수렵용 장총이 들려 있었고, 허리춤에 죽은 토끼가 매어진 상태였다.

현준은 저도 모르게 입을 열었다.

"에스키모?"

다큐멘터리에서 본 에스키모인과 별다를 바 없는 모습이었다. 그러나 남자는 마음에 안 드는지 눈살을 찌푸렸다.

"이누후이트."

"아, 이누이트. 쏘리쏘리."

현준은 자신의 실수를 깨달았다. 에스키모라 부르면 싫어하는 이누이트 사람이 있다는 것 역시 다큐멘터리를 통해 알았다. 비하의 의미가 포함되어 있다나?

슬쩍 눈을 돌려 수렵용 장총을 바라봤다. 저 총으로 토끼를 사냥한 것 같았다.

현준은 침을 꿀꺽 삼키며 물었다.

"Excuse me. Umm…… Where am I?"

이곳이 어디냐고 영어로 질문을 던져 봤지만 남자는 여전히 인상만 찌푸렸다.

'영어도 안 통하는구나.'

이누이트 어를 현준이 알 리가 없었다. 결국 남은 수는 보디랭귀지뿐이었다. 현준은 있는 힘껏 몸을 움직여 이곳이 어디냐는 뜻을 전해보았다.

남자는 현준을 수상쩍게 바라보다가 품에서 작은 칼 하나를 꺼내 자리에 철퍼덕 주저앉았다.

찌이익!

그러더니 허리춤에 맨 토끼를 바닥에 내려놓고 칼질을 시작했다.

토끼 한 마리가 해체되는 데 30초가 걸리지 않았다. 현준은 보디랭귀지도 잊고 넋이 나간 채 그 장면을 가만히 바라보았다.

툭!

남자는 토끼 다리 하나를 현준 앞에 던졌다. 그리고 토끼의 몸통을 뼈째 물어뜯었다.

'먹으라는 거 같은데……'

섣불리 손이 가지 않았다. 허기가 졌지만 남자가 토끼를 생으로 뜯어먹는 걸 보니 입맛이 가셨다.

"△L％?"

남자는 현준이 먹지 않는 것을 보고 고개를 갸웃했다. 허리춤에 매달린 수통을 건넸다.

목이 말라서 못 먹느냐는 걸까? 그러나 문제는 물이 아니라 날것에 대한 저항감이었다.

"어, 그러니까…… 불! 파이어! 활활활! 없어요?"

현준은 최대한 활활 불타는 불꽃을 몸짓으로 묘사하고자 애를 썼다. 익혀 먹으면 먹을 수 있을 것 같았다. 꺼진 등불이 있는 걸 보면 틀림없이 불을 피울 물건도 존재할 것이다.

그 순간이었다.

화아악!

손에서 불꽃이 튀어나왔다.

"엄마야!"

현준은 자신의 손에서 불현듯 튀어나온 불꽃을 보고 뒤로 물러났다.

'뭐, 뭐야? 뭐냐고?'

벽에 몸을 기댄 현준의 눈이 커졌다. 양손에서 뻗어 나온 불은 금세 사그라졌지만 있을 수 없는 일이 벌어졌다.

"△ℓσ⁶ᵇⅅㄴ ᶜˢᵇ!"

한데, 남자는 처음 현준을 보았을 때 내뱉은 말을 반복하며 껄껄 웃었다.

현준은 남자와 자신의 손을 번갈아 바라봤다. 대관절 지금 상황을 이해할 수가 없었다.

꿈이라도 꾸고 있는 건가? 눈을 뜨면 여전히 우주선 안에 있을 것만 같은 기분이었다.

현준은 침을 꿀꺽 삼킨 후 손을 쳐다봤다. 불이 필요하다 생각하니 불이 튀어나왔다. 혹시 몰라 집중해서 되뇌었다.

'불이 있으면 좋겠군.'

화르륵!

생각은 현실이 됐다. 불은 작았지만 실제로 존재했다. 현준은 믿기지 않는 듯 중얼거렸다.

"진짜…… 나오네?"

"크하하!"

남자가 현준의 곁으로 다가와 등을 두드렸다. 우악한 손이 등을 두드릴 때마다 정신이 나갈 것만 같았지만, 현준의 시선은 자신의 손에서 떨어질 줄 몰랐다.

놀람도 잠시. 남자는 자신을 누나탁이라 소개했다. 여러 번 반복한 끝에 서로 이름 정도는 나눌 수 있었던 것이다.

누나탁은 의연했다. 놀란 기색이 하나도 없었다. 그래서 그런지 현준도 공황 상태에서 빠르게 빠져나올 수 있었다.

토끼구이를 만들어 먹는 데 성공하자 누나탁은 현준을 이끌고 이글루 밖으로 나왔다.

가장 먼저 끝없이 펼쳐진 눈길이 시선에 들어왔다. 수북이 쌓인 눈은 때를 타지 않아서 하얗기 그지없었다. 걸을 때마다 뽀득거리는 소리가 귓가를 간질였다.

눈을 돌리자 제법 큰 썰매가 있었다.

누나탁은 곧장 썰매 위에 앉았다. 썰매에 묶인 여덟 마리의 개가 꼬리를 살랑살랑 흔들었다.

여덟 마리 개는 하나같이 컸다. 늑대라고 해도 믿을 수 있을 것 같았다. 현준이 저도 모르게 한 발자국 물러났다.

"설마 타라는 겁니까?"

남자는 미소 지으며 옆자리를 두드렸다. 현준은 한숨을 내쉬었다. 어디로 데려가려 그러는 건지 알 수 없어도 썰매를 타면 이곳이 북극인지 아닌지쯤은 확인할 수 있을 것이다.

현준은 찔끔찔끔 움직여서 겨우 누나탁의 옆자리에 앉았다.

"휘이익!"

누나탁이 휘파람을 불고 채찍을 휘둘렀다. 썰매 개들이 미친 듯이 달리기 시작했다.

현준은 썰매의 앞부분을 꽉 쥐었다. 생각보다 훨씬 빨랐다. 떨어지면 그냥 아픈 수준으로는 안 끝날 듯싶었다.

"천천히! 누나탁! 천천히!"

"히이랴—!"

현준의 외침을 반대로 알아들었는지 누나탁이 채찍을 더욱 현란하게 휘둘렀다.

썰매는 어렸을 적 타본 게 전부다. 빙판 위를 이만한 속도로 달린 적은 없었다.

현준은 눈을 질끈 감았다. 이러다가 빙판에 갑자기 구멍이라도 생기는 건 아닌지 걱정이 다 되었다.

얼마나 지났을까. 눈을 감으니 더욱 불안하다. 현준은 찔끔 실눈을 떴다.

'세상에.'

동시에 별천지가 펼쳐졌다.

빙하가 부서지며 거센 물결을 일으키고, 태양빛을 받아 수면은 찰랑댔다. 그 건너편엔 북극곰이 보였다.

북극곰은 빙판 위에 뚫린 구멍 옆을 서성이는 중이었다. 물고기를 낚기 위한 준비 자세다. 곧이어 우람한 앞발이 빙판 아래를 훑었다. 빙어 한 마리가 펄떡이며 튀어나왔다.

북극곰뿐만이 아니다. 멀지 않은 곳에 순록과 바다코끼리도 있었다.

TV에서나 보던 광경이 실시간으로 눈앞에 펼쳐진 것이다. 현준은 잠시 모든 생각을 잊고 주변을 구경하는 데 여념이 없었다.

'사후세계가 아니야.'

주변의 모든 걸 지켜본 현준은 이곳이 북극이라는 확신을 내릴 수 있었다.

사후세계가 이 정도로 아름다운 자연풍경을 재현할 리가 없다는 생각이 든 것이다.

썰매는 목표를 향해 끊임없이 달렸다. 대략 30분가량이 흐르자 마침내 썰매가 멈춰 섰다.

"다 온 거예요?"

말이 통하지 않는 걸 안다. 그러나 묻지 않고는 배길 수가 없었다.

커다란 빙산 동굴이 있고, 그 앞에 몇 개의 이글루가 모여 있었다. 썰매와 개들도 곳곳에 즐비했다. 개에게 먹이를 주는 사람과 썰매를 점검하는 사람, 눈을 치우는 여자들도 있었다.

어디를 보나 마을이었다.

'아까 내가 있던 곳은 임시 거처쯤 되는가 보다.'

어쩐지……. 그곳은 주변이 너무 횡해서 사람이 살 수 있을 것 같지 않았다.

누나탁이 썰매에서 내렸다. 현준도 빠르게 그의 뒤를 따랐다.

마을 사람들이 누나탁 주변으로 모여들었다. 그리고 몇 마디 대화를 나눈 누나탁이 현준의 어깨를 짚으며 말했다.

"ᐃᖕᓂᖅᐆᒪᔪᖅ!"

세 번째다. 발음으로만 말하자면 '잉그니커마주크' 정도가 되겠다.

마을 사람들의 현준을 바라보는 대번 달라졌다. 눈을 크게 뜨고 놀라 하거나 악수를 청하는 이도 있었다.

"오오, △ᗡᖕᐳᒪ ᣠᖰ."

현준은 악수하면서도 의아할 수밖에 없었다. 그들의 눈에 띤 감정은 분명히 경외심이었다. 공경하면서도 두려워하는 이중적인 속내가 그대로 드러나고 있었다. 표정과 눈빛을 숨길 수 없는 이들이었다.

악수를 끝마치자 사람들은 이글루를 만들기 시작했다. 채 한 시간이 지나지 않아서 이글루 하나가 완성되었다.

누나탁이 이글루와 현준을 번갈아 가리켰다. 이번에는 대강 뜻을 알아들을 수 있었다.

"제가 머물 곳이란 말이죠? 고마워요."

아직 머릿속이 복잡했지만…… 한 치 앞길을 알 수 없는 장소에서 누군가가 자신을 챙겨준다는 사실은 꽤 위안으로 다가왔다. 고맙다는 말은 결코 빈말이 아니었다.

이때부터 현준은 이들과 함께 생활하기 시작했다. 주변을 살피고 돌아갈 방법을 강구하려면 혼자보단 여럿이 있는 편이 좋다는 결론을 내렸기 때문이다.

설마 자신이 이누이트족과 함께 살게 되는 날이 올 줄이야.

하지만, 이들도 불을 내뿜는 인간과 함께 살게 될 줄은 꿈도 꾸지 못했을 것이었다.

동굴 안에는 아이와 여자들이 지낸다. 이글루는 건장한 남성이나 부부가 사용하는 장소였다.

마을 사람의 숫자는 총 쉰둘이었다. 넓고 끝이 없어 보이는 북극에서 옹기종기 모여 사는 게 상당히 신선하게 다가왔다.

일하지 않는 자 먹지도 말라는 말은 이곳에서도 통용되었다. 어른 아이 할 것 없이 각자에게 배정된 일이 있었다. 노인들은 지식과 기술을, 젊은 남성은 사냥을, 여자들은 사냥감의 손질을 하거나 모피를 보아서 옷을 짰다. 개들을 돌보는 건 뜻밖에 아이들의 몫이었다.

일하지 않는 사람은 현준밖에 없었다. 간간이 등불에 불을 피워주기는 했지만 그건 노동과는 거리가 멀었다. 등가교환이라 하기에도 모호한 게 현실이라 여러모로 눈치가 보일 수밖에 없었다.

이런 상황에서 주변을 살피는 게 가당키나 하겠나. 이누이트 사람들에게 놀고먹는 안쓰러운 젊은이로 자리매김할 순 없는 노릇이었다.

현준은 누나탁에게 부탁하여 사냥을 배웠다. 의사소통이 힘들었지만 포기하지 않고 뜻을 전한 결과 누나탁은 흔쾌히 현준에게 사냥 기술을 알려주었다.

얼음낚시부터 시작해서 덫을 놔 여우를 잡는 법, 작살을 이용해 바다표범을 잡는 법, 활과 화살을 만들어서 쏘는 법······.

총기를 사용하는 건 누나탁뿐이었다. 다른 이들은 모두 전통적인 방식으로 사냥에 나섰다.

가장 놀라웠던 건 고래를 잡을 때였다. 카약을 탄 채 창 모양으로 생긴 다트를 이용해 북극고래를 잡았다. 다트에는 독이 발라져 있었는데 그들은 고래가 해변에 떠오를 때까지 몇

날 며칠을 기다렸다.

난생처음 먹어보는 고래고기의 맛은, 기름기가 많았고 비렸다. 돼지껍질을 먹는 느낌? 부위별로 맛이 다르긴 하였으나 전체적인 식감은 비슷했다.

여전히 말이 안 통하는 건 마찬가지였지만 두 달이 흐르자 눈빛만 봐도 뜻을 알 수 있는 경지에 이르렀다. 사냥을 나서면 칠 주야를 함께하는 일도 잦았던 덕이다.

그사이 현준은 제법 사냥꾼 티가 나게 변했다. 수염도 덥수룩해졌고 특히 눈이 더욱 깊어졌다. 자연은 위대하나 위험하다. 생존을 위해서는 사리분별을 확실히 할 필요가 있었다.

마을 사람들도 처음엔 현준을 경외시하였지만 지금은 옆집 사람처럼 친근하게 대하고 있었다.

특히 마을 처녀들은 현준을 어떻게 해보려고 안달이 나 있는 상태였다. 자고 있는데 난데없이 쳐들어오는 등의 일도 몇 번이나 겪었다.

언젠가는 떠날 처지인지라 차마 그녀들의 마음을 받아주진 못했다. 실제로 현준은 사냥을 나갈 때마다 위치를 확인하고 지도를 그렸다.

두 달이 지나 이곳에 적응할 수 있었지만…… 여전히 고향이 그리운 것이다.

늦은 저녁.

하늘에는 오로라가 떠 있었다. 초록색의 커다란 커튼이 펼쳐져 있는 것 같은 모습이었다. 혹자는 오로라가 신의 영혼이라고도 하지만, 그보다는 여인의 흐느낌과 비슷한 듯싶었다.

'예쁘다.'

현준은 이글루 바깥으로 나와 멍하니 오로라를 바라봤다. 살을 에는 추위도 지금의 감상을 이길 수는 없었다. 넓게 펼쳐진 오로라의 위에 그리운 얼굴들이 하나, 둘 떠올랐다.

참 이상한 일이다. 우주에 있을 땐 이런 감상에 젖은 적이 거의 없었다. 우주는 아름답다고 하지만, 현준에게 있어서 그곳은 캄캄한 감옥 이상이 아니었다.

이곳이 지구이기 때문이리라. 우주와는 달리 만나고 싶으면 만날 수 있다고 여긴 탓일 터였다.

"현준?"

어느새 누나탁이 현준의 옆으로 다가왔다. 마을 사람들은 이른 아침에 하루를 시작하고 태양이 지면 잠이 들었다. 현준은 의외라는 눈길로 누나탁을 바라봤다. 지금도 일어나 있는 사람이 있으리라곤 생각하지 않았다.

그가 한 손에 든 술병을 건넸다.

"이게 웬 술이에요?"

현준의 입꼬리가 자연스럽게 올라갔다. 이곳에서 기름과 술은 귀하다. 증류시키는 방법이 여간 까다로워서다. 그나마 불을 내뿜는 특이한 인간이 근처에 있어서 요즘엔 조금 쉬워졌다지만 그래도 귀한 게 안 귀해지진 않았다.

술병을 건네받아 한 모금 마시자 알코올이 목구멍을 짜르르하게 찔렀다. 정신이 번쩍 들었다.

"캬! 술맛 죽인다."

오로라가 낀 하늘을 안주 삼아 현준은 술을 들이부었다. 알코올 농도가 상당했으나 오늘따라 술이 달았다.

연거푸 반을 비우고 나서야 현준은 누나탁의 시선을 느꼈다.

"아…… 혼자 마셔서 미안합니다."

누나탁은 현준의 손에 쥐인 술병을 묘한 눈빛으로 바라보고 있었다. 그도 술이 당기는 모양이었다.

현준은 술병을 누나탁에게 다시 들이밀었다. 그러자 누나탁이 절레절레 고개를 저으며 다 마시라는 시늉을 했다.

귀한 술을 한 번에 다 마실 순 없었다. 적당히 취기가 오른 지금이 딱 좋았다.

현준은 잠시 술병을 내려놓고 뒷짐을 졌다.

"누나탁은 지구 바깥에 가본 적 있어요? 지금 우주는 쓰레기 천국이에요."

그냥 입이 열렸다. 어차피 누나탁은 알아듣지 못할 것이다. 혼자 하는 중얼거림과 다를 게 없었다.

"이게 다 인간의 욕심 때문이죠. 자연을 망가뜨린 것처럼. 뒤늦게 깨달아도 이미 늦었어요. 3년간 뭐 빠지게 치워봤는데 티도 안 나더라고요."

현준이 한숨을 내쉬었다.

"그러고 보면 제 인생 참 파란만장합니다. 억울하게 누명을 쓰고, 우주에 가서 쓰레기를 줍고, 지금은 북극에 왔잖아요? 심지어 묘한 능력까지 생겨 버렸어요. 나사에 납치당하는 건 아닌지 모르겠어요."

"괜찮다."

"……!"

현준은 깜짝 놀라 눈을 동그랗게 떴다. 누나탁이 틀림없이 한국어로 말한 것이다. 그는 그 의미조차 알고 있다는 듯 현준의 등을 쓸어주었다.

"괜찮다."

"……괜찮으면 좋겠네요."

"괜찮다."

누나탁은 계속해서 괜찮다는 말을 되뇌었다. 묘한 안도감이 생겼다. 현준의 눈망울에 어느새 눈물 한 방울이 맺혔다.

그는 마을의 지도자격 인물이었다. 가장 사려가 깊고 남을 배려할 줄 알았다. 그래서 다른 사람들의 정신적 지주가 되었다. 그만이 유일하게 총기를 사용하고, 또 그만이 유일하게 혼자 썰매를 몰 수 있는 건 모두가 누나탁을 믿어서다.

묘한 일이었다. 처음 자신을 발견한 후 이곳까지 이끌어준 이 또한 누나탁이었다. 생명의 은인과 다를 바 없는 이가 어느새 자신의 말까지 익히려고 노력한 것이다.

가슴 한편에서 뭔지 모를 감정이 피어올랐다.

이렇게까지 말하는데 슬퍼하고만 있을 수는 없었다. 현준은 씩씩하게 외쳤다.

"예, 저 아주 괜찮습니다!"

그러자 누나탁이 빙그레 웃었다. 현준도 따라 웃어보았다.

일단 웃고 보니 모든 고민과 시름이 볼품없다 생각되었다. 자연은 거대했고 오로라는 위대했다. 현준은 가만히 하늘을 올려다보며 주먹을 꾹 쥐었다.

세상은 이처럼 아름답다. 아름다운 것만 생각해도 부족한 시간이고…… 또, 돌아가리란 의지만 있으면 되는 것이다.

현준은 숨을 크게 들이마셨다. 폐부까지 닿은 찬 공기가 고민을 납치해 갔다.

*   *   *

술을 받았으니 답례를 해야 했다. 생각해 보면 두 달여간 너무나 받기만 한 것 같았다.

하지만 가진 게 없었다. 현준은 고민 끝에 사냥을 나가기로 했다. 바다표범 한 마리를 사냥해 잔치를 벌일 작정이었다. 그게 최소한의 보은은 되리라 여겼다.

현준은 작살과 지도를 챙겼다. 지도에는 단순히 주변지형만 그려져 있지 않았다. 짐승들이 머무는 장소나 사용하는 길 따위도 모두 표시되어 있었다. 시간이 지나면 조금씩 바뀌게 마련이나 그때마다 수정을 해뒀다. 현재 현준이 가진 것 중 가장 든든한 물건이었다.

현준이 완전무장하여 마을을 나서자 주변 사람들이 의아해하며 바라봤다. 현준은 금방 다녀오겠다는 제스처를 취했다.

"저녁 전에 돌아올게요!"

움직이는 발걸음이 가볍다. 오로라를 안주 삼아 시름을 흘려보낸 게 효과가 있었나 보다.

지도를 펼쳐서 바다표범 무리가 자리한 곳을 확인했다. 겨울이 지나고 봄이 되며 얼음이 조금씩 녹기 시작했다. 덕분에 슬슬 바다표범들이 물 위로 나오고 있었다. 바다표범이 나오는 장소는 언제나 비슷했고, 나오는 숫자도 많았다. 실제로 사람들과 함께하며 여러 차례 사냥해 본 바가 있으니 어렵지는 않을 것이다.

바다표범 무리가 저 멀리 있었다. 느긋하게 늘어져선 일광욕을 하는 중이었다. 하나, 늘어진 모습이 귀엽다고 얕잡아보면 안 된다. 물속에서 만나면 대책이 없는 게 바로 바다표범이었다. 물개 중 가장 공격성이 높았다. 사냥을 위해선 그나마물 위로 오른 지금이 기회였다.

현준은 최대한 몸을 낮췄다. 섣불리 다가갔다간 바다표범이물 안으로 들어가 버린다. 둔한 듯 보이지만 상당히 예민하기 때문에 거슬리지 않도록 하는 게 중요했다.

이때 필요한 게 바로 흉내다. 바다표범의 몸동작을 흉내 내면서 몰래 다가가야 작살로 찌를 수 있었다. 한 번 물속에 들어갔다간 웬만해선 안 나오니 기회는 많지 않았다.

현준은 눈 위에 몸을 바짝 붙였다. 조바심을 버리고 엉금엉금 눈밭 위를 기었다. 바다표범 중 한 마리가 그런 현준을 쳐다봤다. 현준은 침을 꿀꺽 삼키며 움직임을 멈췄다.

최대한 눈을 내리깔았다. 눈을 마주치면 바로 알아차릴 가능성이 컸다.

'휴!'

바다표범이 다시 고개를 돌렸다. 경계를 사진 않은 것 같았다. 하지만 거리가 가까워질수록 현준을 쳐다보는 바다표범의 숫자는 증가할 것이다. 그중 한 마리의 의심도 사지 않는 건 굉장히 어려운 일이었다.

거리는 고작 10m 안팎. 달리면 몇 초안에 당도하겠으나 바다표범이 들어가는 속도가 훨씬 빠르다. 둔하게 생겨서는 사람보다 민첩하기에 최소 3m 안으로는 다가가야 했다.

능수능란한 사냥꾼들은 대수롭지 않게 다가가서 순식간에 사냥을 끝내는 편이었다. 그러나 현준은 불과 2개월을 함께했을 따름이다. 자만하지 않았다. 그들은 이곳에서 오랜 세월 사냥하며 그러한 습성을 아예 몸에 익혔다. 반대로 외지인인 현준은 짐승들에게도 낯선 향기를 풍길 수밖에 없었다.

5m…… 현준은 사냥을 확신했다. 그러나 그 순간 바다표범들이 일제히 고개를 현준이 있는 방향으로 돌렸다.

'아! 알아챘나?'

바다표범들은 급히 물속으로 몸을 옮겼다. 점벙대는 소리가 들릴 때마다 아쉬움을 감출 수 없었다. 한 발자국을 남겨두고 실패한 것이다.

고개를 저으며 자리에서 일어났다. 동시에 뒤쪽에서 우악스러운 기척이 느껴졌다. 거친 콧김과 거대한 존재감이 등 뒤에 있었다.

'설마…….'

현준은 몸을 돌렸다. 그리고 등 뒤에 선 덩치가 큰 하얀색의 곰을 발견할 수 있었다.

그아아앙!

귀가 나가버릴 것만 같았다. 현준은 꽁꽁 얼어붙었다. 바다표범에 집중한 나머지 북극곰이 등 뒤로 다가오는 것조차 알아차리지 못했다.

2.5m. 아니, 3m는 될 것만 같다. 북극곰은 두 발로 서서 현준을 압박해 들었다. 포식자에 대한 자연스러운 공포감이 현준의 인식을 완전히 얼려놓았다.

곰을 사냥한 적이 없지는 않았다. 하지만, 북극곰을 사냥할 때 이누이트족 사냥꾼들은 어느 때보다 신중했다. 신중했는데도 중상을 입은 사람이 나왔다. 지금 눈앞의 곰은 일전 사냥한 곰과 비교가 안 될 크기를 자랑했다.

현준은 한 발자국 물러섰다.

북극곰은 당장 해칠 의도가 없어 보였다. 문득 곰이 사냥감을 장난감처럼 가지고 놀다가 죽인다는 이야기를 떠올렸다.

조금씩 멀어진 현준은 일정한 거리가 벌어지자 냅다 달리기 시작했다. 그 속도가 어찌나 빠른지 곰이 잠시 뒤를 따르다가 포기할 정도였다. 인간의 범주에서 보아도 틀림없이 선을 넘어선 빠르기였다.

제2장

각성, 그리고 귀국

고난이 있을 때마다 그것이 참된 인간이 되어 가는 과정임을 기억해야 한다.

—괴테.

눈에 파묻힌 현준이 자리에서 일어났다. 머리가 어지럽고 눈밭을 짚는 손에 감각이 없었다. 꽤 오랜 시간 눈 속에 파묻혀 있었던 모양이었다.

하늘은 어느새 주홍빛으로 물들어 있었다.

정신이 번쩍 들었다. 현준은 급히 주변을 둘러보았다. 지평선 너머까지 눈밭이 이어져 있었다. 눈 외엔 아무것도 보이지 않았다.

'여긴 어디지?'

꽤 멀리 도망 온 기분이었다. 실제로 어느 순간 뒤쫓던 곰이 기척을 상실했다. 그래도 뭐에 홀린 것처럼 현준은 이곳에 파묻힐 때까지 계속해서 뛴 것이다.

작살은 도중 떨어뜨린 듯싶었다. 어쩌면 곰을 본 즉시 내팽개쳤을 수도 있었다. 기억이 띄엄띄엄 나서 확신할 수 없었다.

현준은 품을 뒤졌다. 지도를 찾기 위함이었다. 그러나 손에 잡히는 건 아무것도 없었다.

현준은 낙담하며 고개를 들었다. 별이 뜨면 북극성의 위치를 보고 현재 자신이 있는 방향을 미루어 짐작할 수 있었다.

북극성은 정북 쪽에 떠 있다. 그 뒤가 남쪽, 왼쪽이 서쪽, 오른쪽이 동쪽이다.

'발자국이 다 지워졌군……'

문제는 자신이 향해온 방향을 알아야 북극성을 보고 판단하는 것도 가능하다는 점이었다. 기절한 사이에 눈이 내렸는지 발자국이 전부 지워져 있었다. 짐승의 것으로 보이는 발자국조차 하나 보이지 않았다.

엎친 데 덮친 격이란 말은 이럴 때 사용하는 걸까. 현준은 이마를 짚고 한숨을 내쉬었다. 돌아가는 길이 고작 반나절 사이에 요원해졌다.

누구를 탓하랴. 이 모든 게 곰에게 겁을 먹고 도망간 자신의 잘못이다. 실제로 곰을 마주했을 때 현준은 오로지 공포심만을 느끼고 있었다. 도망가야 한다고 아우성치는 본능에 따라 충실하게 발을 옮겼다.

냉정히 능력을 발휘하여 불을 뿜어냈다면 도망치는 건 북극 곰 쪽이었을 것이다. 하지만 아무리 생각한들 이미 지나간 일이다. 후회해도 늦었다.

"제길."

그래. 곰과 마주했으니 살아 있다는 사실만으로도 감사해야 함이다.

하지만…… 욕이라도 하지 않으면 막막한 지금의 심정을 배출할 수가 없을 것 같았다. 속으로만 묵혀두기엔 상황이 너무나 암담했다.

무작정 걸어볼까? 운이 좋으면 마을에 당도할 수 있을 것이다. 운이 나쁘면 북극 어딘가에서 짐승에게 먹히거나 굶주림 따위로 운명할 것이고.

하이 리턴 하이 리스크였다. 위험을 떠안을 가능성이 훨씬 큰. 그다지 좋은 수는 아닌 것 같았다.

'기다려 보자. 구조가 올 거야.'

냉정하게 결정을 내렸다. 무작정 움직이는 것보다 조금이라도 가까운 곳에서 사람들의 구조를 기다리는 게 나았다. 자신의 모습이 보이지 않는다면 사람들도 의아하게 여기고 찾아나설 터였다.

'체온을 보존해야 해.'

현준은 눈을 쌓아 바람을 막을 셸터를 둥근 모양으로 만들었다. 마음 같아선 이글루를 쌓아올리고 싶었으나 아무런 도구도 없이 얼음을 잘라낼 순 없었다. 잘 뭉치지도 않는 눈으로 이글루를 지어봤자 금세 무너지고 만다.

셸터를 완성하고 있는 힘껏 눈을 팠다. 북극의 저녁은 특히나 춥다. 동사하지 않으려거든 바람을 완전하게 피해야 하는데, 굴에 들어가면 바깥에 있는 것보단 수월하게 버틸 수 있을 것이었다.

불을 뿜어낼 수 있다지만 오랜 시간 지속할 순 없는 관계로 아끼는 편이 좋았다. 고작해야 10분이 한계였다. 10분이 지나는 순간 탈진해서 쓰러진 기억이 있었다.

태울 게 있다면 금상첨화겠지만 그렇다고 모피를 태울 수는 없는 노릇이니…… 굴속에서 몸을 웅크려 체온을 보존할 수밖에 없었다.

'다 됐다.'

마침내 굴도 완성되었다. 현준은 자신이 이곳에 있다는 걸 알아차릴 수 있도록 셸터에 신발 한쪽을 걸어놓았다.

모든 준비를 끝마친 현준이 굴속으로 들어갔다.

이누이트 사람들이 일 초라도 빨리 자신을 찾아주길 간절히 바라면서.

하루가 지나 이틀째. 그토록 기원하던 구조는 오지 않았다. 이럴 때일지라도 머문 장소에서 움직이지 않는 편이 좋다는 건 이론상으로 알고 있었지만, 슬슬 한계가 다가오는 중이었다.

"우웩!"

속이 메스꺼웠다. 현준은 눈밭 위에 위액을 토했다. 이틀간 눈을 녹여 물을 마신 게 전부였다. 그 외에는 아무런 영양분도 보충할 수 없었다. 체온을 보존해야 하는 이때 허기는 추위 다음으로 위험한 적이었다.

고작 이틀. 하지만 현준에겐 '무려' 이틀이었다. 현준은 정신적으로도 육체적으로도 고사하고 있었다. 둘 중 하나라도 채워지면 그걸 지렛대 삼아서 버틸 수 있을 테지만 여건상 불가능한 일이다.

아무래도 결단을 내릴 시기가 온 듯싶었다.

'사냥…… 그래, 사냥을 해야겠다.'

현준은 단백질을 보충하고자 사냥에 나섰다. 작살은 잃어버렸지만 이가 없으면 잇몸이랬다. 두 개의 신발 끈을 풀어 십자가 모양으로 묶었다. 밧줄로 쓰기엔 무리지만 낚싯줄로 이용할 순 있었다.

셸터에서 멀어지자 얇은 빙판지대가 나타났다. 현준은 최대한 물고기가 모일 만한 장소를 물색하고 그곳에 자리를 잡았다. 이후 능력을 발휘해 불로 빙판의 일면을 녹였다.

빙판낚시를 할 생각이었다. 하지만 미끼가 없으면 물고기를 낚는 건 불가능하다.

현준은 두껍게 난 손톱을 물어뜯었다. 그리고 십자가 모양으로 묶인 신발 끈의 끝 부분에 손톱을 묶었다. 정확히 세 개의 손톱을 묶고 마지막으로 남은 한쪽 줄을 잡았다.

큰 물고기는 바라지도 않는다. 현준이 노리는 건 작은 빙어였다. 빙어가 손톱을 먹이로 착각하고 달려드는 요행을 바랄 수밖에 없었다.

자리에 앉은 현준은 인내와의 싸움을 시작했다.

반나절이 지났다. 태양이 조금씩 저물고 있었다.

저녁이 되기 전에는 셀터로 돌아가야 한다. 하지만 현준은 좀처럼 움직이지 않았다.

중간에 빙어 한 마리가 손톱 하나를 물고서 도망쳤다. 깜빡 졸아버린 탓에 절호의 기회를 놓쳐 버린 것이다. 자연스럽게 오기가 생겼다.

어찌 됐든 빙어가 문다는 걸 확인했으니 기다리다 보면 좋은 소식이 있지 않겠는가.

입질이 있기 전에는 움직이지 않을 작정이었다.

'왔다!'

그때였다. 줄이 살짝 흔들리는 걸 현준은 놓치지 않았다. 전광석화같이 줄을 당기자 빙어 한 마리가 허공을 날았다. 빙판 위에 착지한 빙어가 펄떡이며 자신의 존재를 알렸다.

꿀꺽!

현준의 목울대가 크게 울렸다. 만으로 삼 일째 먹을 걸 먹지 못했다. 간에 기별도 가지 않겠지만 저거 한 마리라도 먹으면 한동안은 괜찮을 것이었다.

하지만 현준은 거칠게 고개를 저었다. 지금 잡은 빙어를 먹었다간 전형적인 소탐대실의 예가 되고 만다. 어리석기 그지없는 짓이다.

빙어는 더욱 배가 찰 만한 걸 잡기 위한 미끼였다.

현준은 빙어 한 마리를 조심히 쥐어 셸터로 돌아갔다. 그리고 굴에 몸을 파묻기 전, 신발 끈으로 올무를 만들었다. 올무 사이에 빙어를 내려놓았다.

현준이 목표하는 대상은 새였다. 빙어를 노리고 지상으로 내려온 새를 잡기 위한 덫이었다.

올무를 놓는 곳의 눈을 살짝 파내어서 새가 발을 넣으면 그대로 잡힐 수밖에 없었다.

한데 올무를 고정할 물건이 마땅치 않았다. 현준은 엄지손가락에 신발 끈을 둘둘 묶었다.

"후!"

최대한 경계를 사지 않으려면 또 새우잠을 자야 할 것 같았다.

짹짹짹!

기쁜 소식이 들려왔다. 현준의 눈이 부릅떠졌다.

새 한 마리가 덫에 걸려 있었다. 새를 본 현준은 양손을 모아 기도했다.

그야말로 하늘이 도왔다. 실패하면 다시 빙어를 미끼 삼아 낚시를 하려 했었다. 기회가 한 번뿐인 서든데스 게임과도 같은 일을 말이다.

현준은 새 가까이에 다가갔다. 새가 애처로운 눈빛으로 현준을 올려다보았다. 물론 그저 우연일 수도 있었다. 현준은 눈을 꾹 감고 말했다.

"미안하지만 어쩔 수 없어."

더 먹을 걸 먹지 못했다간 이대로 아사할 판국이다. 현준의 손이 묵직이 새를 향해 움직였다.

현준은 셸터에서 멀어졌다. 고기 냄새가 셸터 주변에 배이면 사나운 짐승들이 찾아올 수도 있기 때문이었다.

어느 정도 거리를 벌린 현준의 손이 바쁘게 움직였다.

배가 고파서 죽을 것 같았지만 절차를 무시할 순 없었다. 깃털을 손수 제거하고 익히는 데 상당한 시간이 소요되었다.

고기가 익으며 풍기는 냄새는 도저히 참을 수 있는 종류의 것이 아니었다.

그럼에도 현준은 익은 고기를 최대한 천천히 뜯어먹었다. 적은 고기로 포만감을 느끼려면 오래 씹고 느리게 먹는 게 중요하다.

'아직도 먼 건가……'

현준은 심각한 표정을 지었다.

좀처럼 구조가 오지 않았다. 이러다간 영원히 이곳에 표류할 수도 있겠다는 생각이 불현듯이 들었다.

'앞으로 나흘만 더 기다려 보자.'

나흘이 마지노선이었다. 그 이상은 현준이 버틸 수 없을 것 같았다. 나흘이 지나면 이곳을 떠나 마을을 찾을 계획을 세웠다. 굳이 마을이 아니더라도 의사가 통하는 사람을 만날 수만 있다면 괜찮았다.

'양이 적군.'

문득 남은 고기의 양으로 시선이 갔다.

천천히 먹는 데도 한계가 있었다. 새 한 마리가 지닌 고기의 양은 현준의 배를 채우기에 한없이 부족했다.

그나마 허기를 면하는 데 그쳤다.

현준은 살코기를 조금 남겼다. 남은 살코기는 낚시를 하는 미끼로 사용될 것이다. 새의 뼈는 낚싯바늘이 되기에 훌륭한 소재였다. 앞으로 나흘간 현준의 낚시를 돕는데 크게 이바지할 것이었다.

이틀이 흐르고 현준은 난데없는 기상 변화에 고개를 갸웃할 수밖에 없었다.

저녁이 찾아오질 않는다.

아침이 벌써 수십 시간째 이어지고 있었다.

태양은 질 듯 지지 않았다. 꾸준히 위로 떠올랐다.

이게 말로만 듣던 백야현상인가 싶었다.

그나마 저녁의 살을 에는 추위가 찾아오지 않는다는 것에 위안을 두었다. 더불어서 야심한 밤 찾아드는 짐승들을 걱정할 필요 역시 없어졌다.

'아침이 계속되니까 마음이 편하구나.'

잠은 설쳤지만, 차라리 계속 아침인 편이 좋을 것 같았다.

하지만 이 편안함이 착각이었다는 걸 깨닫는 데 오랜 시간이 걸리지 않았다.

날이 지날수록 현준은 정신을 차릴 수 없었다.

지금이 아침인지 저녁인지 판단할 수 없어지자 시간 개념이 먼저 사라졌고, 기본 관념이 망가졌다. 저녁이 되면 해가 지고 달이 뜨는 게 정상이다. 하지만, 하늘을 올려다보면 언제나 태양이 떠 있었다.

마치 영원히 반복되는 꿈을 꾸는 기분이었다. 현준은 움직일 의욕마저 상실한 채 가만히 있는 날이 잦아졌다.

머지않아 1분 1초가 매우 길어졌다.

지금은 밤인가, 낮인가.

대체 며칠이 흐른 걸까.

아니, 며칠 수준이 아니다. 몇십 일, 몇백 일은 흐른 것 같았다. 혹은 그 이상…….

'아…….'

모든 게 무너져 내린다. 무한히 흐르는 시간 속에 존재하는 건 내리막길뿐이었다. 벼랑 끝에 아슬아슬하게 서서 가만히 벼랑 아래를 내려다보는 기분이었다.

현준은 혼란을 느꼈다. 뛰어내리면 다시 현실로 돌아올 것만 같은 감각.

그것은 혼돈이었다. 실타래처럼 꼬여서 풀 엄두가 나지 않왔다. 과거로부터 현재, 미래로 이어지는 모든 것이 한낱 꿈과 같았다.

우주로 가 쓰레기를 줍고, 북극으로 온 전부가 그러했다. 거기까지 사고한 현준은 내심 고개를 저었다. 어쩌면 본인이 현준이라는 자각 또한 잘못되었을 수도 있었다.

'아아아!'

그렇게 현준은 스스로를 놓았다.

어둠 속이었다. 어두컴컴하고, 공허한 장소였다. 어쩌면 이곳은 현재 현준의 심상을 나타내는 곳일지도 모르겠다. 현준은 무중력 상태의 그것처럼 두둥실 공허한 장소를 떠다녔다.

그 중심에 커다란 불길이 솟구쳤다. 조건반사적으로 현준은 고개를 돌렸다.

─너는 왜 나를 멀리하지?

불길에 얼굴이 생겨났다. 기이한 일이지만 현준은 가만히 생각했다.

쓰면 지치니까. 10분만 사용해도 탈진해서 쓰러지고 마니까…….

─아니, 너와 나의 능력은 고작 그 정도가 아니라는 걸 잘 알고 있지 않나?

우리의 능력?

─떠올려 봐. 고작 불 조금 뿜어내는 정도의 능력이라면 우주에서 떨어지고 지구의 대기권을 돌파해서 살아남을 수 있

을 리가 없다.

기억이 나지 않는다. 정신을 잃고 있었다.

불꽃이 성이 난 듯 사방으로 튀었다.

—미련한 놈. 알고도 모른 척, 할 수 있는데도 못하는 척, 언제까지 그런 식으로 척만 하며 살 셈이냐? 네놈은 꿈도 없느냐?

내 꿈. 잘 먹고 잘사는 게 꿈이라면 꿈이다. 가족들과 오순도순 살고 싶었다. 대학을 졸업하고 어딘가 대기업에 입사하고, 여우 같은 아내와 토끼 같은 자식을 낳으며 그렇게 사는 게 현준의 바람이었다.

이미 좌절됐지만.

—그런데 너는 지금 어디에 있지?

북극…… 추운 구덩이 안.

—언제까지 그곳에 구더기처럼 있을 작정이냐? 하나를 잃으면 하나를 얻는 법. 한 번 좌절했으나 대신 너는 나를 얻었다. 북극에서의 소중한 경험도 손에 넣었지. 인연 또한 만들 수 있었다. 한데 백야 현상 따위를 겪으며 이런 상태라니!

불은 격노했다.

불현듯 누나탁이 '괜찮다'라 말하는 목소리가 귓가를 간질이는 것 같았다.

시각의 차이였다.

하지만, 불우하다 여겼기에 불우해진다. 생각해 보면 현준 자신이 겪은 일들은 돈 주고도 경험할 수 없는 진귀한 체험이었다.

현준은 현재의 자신을 떠올렸다.

무한히 이어지는 아침을 맞으며 모든 의욕을 상실해 버렸다. 거대한 자연 앞에 주눅이 들었다. 사실은 그럴 필요가 전혀 없는데도.

오로라를 보았을 때와 마찬가지로 가만히 즐길 수 있었다면 현준은 아무렇지 않게 상황을 타파해 나갔을 것이다. 고작 며칠을 굶고, 사람들과 떨어진 채 혼자 남게 되었다고 정신이 해이해진 것이었다.

시각을 바꾸자 어두운 공간에 변화가 생기기 시작했다. 성공한 미래의 자신의 모습이 동영상처럼 재생됐다. 말마따나 구덩이 안에 있어서는 결코 이룰 수 없는 꿈이다.

―이제 좀 쓸 만해졌군.

불꽃의 움직임이 사그라졌다.

―나를 받아들여라. 그리하면 네가 바라는 모든 게 이루어지리라.

현준은 눈을 떴다.

작렬하는 태양빛이 가장 먼저 현준을 반겨주었다.

정신이 맑았다. 눈도 밝았다. 조금 전까지 따라다니던 두통 역시 없었다. 무엇보다 무언가를 하고 싶다는 의욕이 넘쳐났다. 나태가 사라졌다.

'그 불꽃은 대체 뭐지?

현준은 자신의 양손을 바라보았다. 자신의 능력과 관계가 있는 것 같았다.

'내 능력이 그게 전부가 아니라고 했지.'

불꽃과의 대화를 떠올렸다. 우주에서 떨어져 살아남은 게 능력 덕이라면 고작 불꽃 조금 내뿜고 끝난다는 게 말이 안 되긴 했다.

'확인해 보자.'

여태까진 굳이 확인하고 싶은 마음이 없었다. 하지만, 지금은 능력의 끝이 어디인지 보고 싶다는 마음에 강했다. 현준은 구덩이를 나와 눈밭 위에 섰다.

화르륵!

곧이어 손만이 아니라 온몸에서 화염이 지글거리기 시작했다. 신기하게도 몸에서 솟은 화염은 모피를 태우지 않았다. 우주에서 우주복을 태운 것과는 상반되는 일이었다.

그러나 아직 멀었다. 현준은 사력을 다해 불꽃이 주변 일대를 집어삼키는 이미지를 머릿속으로 그렸다.

불꽃의 범위는 더욱 넓어졌다. 눈들을 증발시키며 태양보다 거세게 타올랐다. 이어 천천히 현준의 몸이 허공에 떴다.

'설마 날 수도 있는 거야?'

현준은 온전히 자신의 능력을 받아들였다. 어차피 벌어진 일이라면 억누르고만 있을 수 없다는 걸 깨달았기 때문이다. 피할 수 없으면 즐기라는 말이 괜히 생긴 게 아니듯이.

불꽃의 출력을 높이자 현준은 더욱 높게 떠오를 수 있었다.

마치 하늘에 뜬 별처럼 반짝였다. 인간이라면 두려워할 높이이나 현준은 저도 모르게 신이나 크게 웃고 말았다.

"하하!"

하지만 웃음은 길게 이어지지 않았다. 높게 떠오르는 데에는 성공했지만 부유한 상태를 유지하기가 벅찼다.

'자, 잠깐!'

족히 200m 상공까지 떠오른 상태에서 현준은 급격히 지상을 향해 추락했다.

쾅!

크레이터 마냥 눈밭 사이에 넓은 구멍이 생겼다. 현준은 그중심에 드러누워 멍하니 하늘을 올려다보았다.

지긋지긋한 태양이 오늘따라 반갑다.

"하하……."

입가를 올렸다. 이런 능력인 줄 알았다면 아끼지 말고 사용할 것을 그랬다. 왜 그동안 주저하고 멀리한 걸까?

"하하하!"

현준은 세상이 떠나가라 웃었다.

하늘을 날 수 있는 상태에서 마을을 찾는 건 손쉬운 일이었다. 눈이 휘날리도록 빠르게 달릴 수도 있었으니 시간은 더욱 단축되었다.

맨손으로 돌아가지 않았다. 양쪽 어깨에 애초 계획한 바다표범 두 마리를 이고서 돌아왔다.

이투이트 사람들은 현준을 반갑게 맞이했다. 남자들이 대거 보이지 않았는데, 역시나 현준을 찾고자 마을을 떠난 듯 보였다.

다행히 반나절가량이 흐르자 남자들이 나타났다. 누나탁은 현준을 본 즉시 껴안으며 거세게 허리를 두드렸다.

이후 소소한 잔치가 열렸다.

사람들은 노래하며 춤을 췄다. 현준은 장단에 맞춰 손뼉을 치며 술을 홀짝였다.

누나탁은 모든 술을 풀었다. 흥이 오른 남자들은 누가 더 많은 술을 마시는지 내기를 하였고 내기의 승자는 그들도 예상하지 못한 복병, 현준이었다.

시간이 지날수록 분위기는 무르익었다.

얼마나 분위기가 좋았는지, 그 누나탁조차 술에 만취해 고래고래 노래를 불렀을 정도였다.

마지막까지 정신을 유지한 남자는 현준밖에 없었다.

"어휴! 술 냄새."

현준은 누나탁을 그의 이글루로 옮긴 후 피식 웃었다. 사실 술 냄새는 그다지 맡아지지 않았다. 본인도 워낙에 많은 술을 마신 탓이다.

누나탁의 몸에 모포를 덮어주고 가만히 그를 내려다본 현준이 품에서 종이 한 장을 꺼냈다.

두 달 넘도록 이들과 함께하며 현준은 이누이트 사람들이 사용하는 몇 가지 단어를 익힐 수 있었다.

언젠가는 꼭 하고 싶었던 그 단어를 종이에 적어둔 것이다.

이글루를 나온 현준이 누나탁을 향해 크게 절을 했다.

"고맙습니다. 누나탁. 제가 살 수 있었던 것도, 이런 결심을 한 것 모두가 당신 덕분이에요."

현준은 짐을 챙겼다. 그리고 조용히 마을을 떠났다.

현준이 이글루를 나간 직후 누나탁은 눈을 떴다.

옆에는 현준이 놔둔 종이 한 장이 곱게 접혀 있었다.

종이를 펼쳐 내용을 읽은 누나탁의 눈이 아쉬움으로 물들었다. 그러나 입가엔 미소가 지어져 있었다.

그가 작게 말했다.

"괜찮다."

적혀 있는 문장은 간단하기 그지없었다.

미안합니다. 감사합니다. 고향으로 돌아갑니다.

*　　　*　　　*

현준은 북극을 탐사했다.

물론 무작정 돌아다니기만 하지는 않았다.

인간의 손이 닿지 않는 곳을 더욱 깊이 탐험하거나 동물들을 따라서 이동해 보기도 했다. 가끔은 빙판 위에 누워 시름없이 물결을 따라 흘러보기도 했고, 백야가 끝난 다음에는 어둠 속을 은밀히 움직이며 불꽃을 일으켜 짐승들을 놀래는 등의 장난도 쳐보았다.

그러면서 과학기지나 사람을 찾는 작업을 계속했다. 조바심을 내지 않고 즐기며 찾을 뿐이었다.

그렇게 얼마의 시간이 지났을까?

평소처럼 하늘 위에 올라 주변 지형을 살피며 움직이고 있을 때였다.

꽝!

'총소리!'

잘못 들었을 리가 없다.

현준은 소리가 난 방향으로 빠르게 날아가기 시작했다.

커다란 곰 한 마리가 사람들을 향해 다가가는 중이었다. 곰과 대치한 사람들은 다시 구식 총의 시위를 당겨 봤지만 총알이 전부 떨어졌는지 딸깍거리는 소리밖에 들리지 않았다.

현준은 곰을 유심히 살펴보았다. 모든 걸 받아들인 뒤 육체적인 능력이 전반적으로 상승했는데, 시력도 마찬가지였다. 거리가 상당했으나 곰의 모습이 또렷하게 보였다.

'저놈은……'

익숙한 모습이었다. 저 크기와 흉악하기 그지없는 얼굴은 잊을 수가 없었다.

'너 잘 만났다.'

일전 바다표범 사냥을 나갔다가 마주친 곰이 분명했다. 현준은 더욱 속도를 높여 빙판 위를 가로질렀다.

그아아앙!

마침내 사람들의 지척으로 다가간 곰이 앞발을 들었다. 아슬아슬한 순간이었다.

화륵!

그러나 곰은 앞발을 휘두를 수 없었다. 등 뒤가 돌연 뜨끈뜨끈해진 탓이다. 삽시간에 털이 타고 살가죽마저 타들어갔다. 곰은 비명을 내지르며 바닥을 뒹굴었다.

"모두 괜찮습니까?"

자리에 당도한 현준이 사람들을 향해 영어로 물었다. 다행히 알아들은 듯 그들이 고개를 끄덕였다.

사람들의 안전을 확인한 현준이 품에서 날카로운 단도 하나를 꺼냈다. 단도의 칼날이 붉게 발열했다. 날이 갈수록 현준의 불을 다루는 능력을 일취월장했고, 이처럼 칼날만 달구는 것도 가능해진 것이다.

곰이 혼비백산하고 있을 때 달아오른 단도를 곰의 목에 찔러 넣었다. 칼날이 박힌 즉시 살이 타서 피도 흐르지 않았다.

곰은 앞발을 휘둘렀다. 날카로운 손톱이 현준의 어깨를 긁었다. 살 한 뭉텅이가 떨어져 나갔다.

현준은 살짝 인상을 찌푸렸다.

온몸에 불을 두르고 있을 땐 대부분의 충격이 흡수된다. 하지만 지금은 단검에만 능력을 발휘하고 있었다. 때문에 곰의 손톱을 막지 못했다.

손에 힘을 더욱 강하게 주었다.

그간의 경험으로 한번 인간을 사냥한 적이 있는 맹수는 인간이 가장 손쉬운 사냥감이라는 것을 깨닫고 인간만을 노린다는 걸 알았다.

인간은 빠르게 도망치지도 못하고 맹수처럼 날카로운 이빨이나 발톱이 있는 것도 아니니까. 무기가 없는 인간은 맛 좋은 연약한 사냥감에 불과했다. 특히 눈앞의 곰에게는 더욱 그러할 것이었다.

망설일 이유가 없었다.

촤륵!

목을 빠르게 그었다.

두꺼운 곰의 살가죽이 단번에 찢겼다.

그으윽……

이내 곰이 단말마와 함께 생을 마감했다. 현준은 단검을 목에서 빼냈다.

정작 그 장면을 지켜본 사람들은 어안이 벙벙할 따름이었다. 곰의 등에서 불길이 치솟더니 한 남자가 나타나 단번에 목숨 줄을 끊어버린 것이다.

현준은 단검을 집어넣은 뒤 자리에서 일어났다. 그리고 어깨에 난 상처를 바라보다가 사람들을 향해 말했다.

"저는 현준이라 합니다. 혹시 상처를 묶을 만한 게 있을까요?"

사람들은 자신을 어선의 선원이라 소개했다. 거대한 저인망 어선이 조각난 빙판 사이에 난파되어 꼼짝달싹하지 못하고 있다는 말도 덧붙였다.

그사이 곰이 어선 주변을 어슬렁대기 시작했고, 쫓아내기 위해 위협사격을 가했다는 것이다. 그런데 도리어 곰이 사람들을 노리고 달려들어서 바짝 얼어붙었다.

"고맙네, 고마워!"

"자네가 우리 생명의 은인이야!"

"겁도 없지. 정말 타고난 사냥꾼이더군!"

한순간 현준은 어선의 영웅이 되어 있었다. 만약 현준이 나타나지 않았으면 모두 죽었을 것이라며 엄지를 치켜들었다.

현준은 어선 사람들과 한동안 함께 지냈다.

'곧 쇄빙선이 당도할 거야.'

어선이 난파된 지 어언 사흘이 지났다고 했다.

구조신호를 보냈으니 조만간 쇄빙선이 도달할 터였다. 어선이 다시 움직일 수만 있다면 적어도 북극을 빠져나가는 정도는 간단할 것이었다.

"혹시 캐나다까지 저를 태워다 주실 수 있겠습니까?"

현준은 선장에게 자신의 사정을 간략하게 설명했다.

사정을 전해 들은 선장이 흔쾌히 고개를 끄덕였다.

"어차피 지나는 경로이니 태워다 드리리다!"

어렵지 않은 부탁이었다.

게다가 현준은 선원들에게 있어서 생명의 은인이요, 영웅이었다. 지나지 않는 경로라도 태워다 줘야 할 판국이었다.

선장의 동의를 구한 현준은 한시름 놓을 수 있었다. 드디어 돌아갈 수 있는 것이다.

고향인 한국으로!

제3장

돈! 돈! 돈!

공항 검색대 맞은편. 수년 만에 보는 가족들이 그곳에 있었다.

가족들을 본 순간 현준은 울컥하는 감정을 참을 수가 없었다. 기어코 눈물 한줄기가 흘러나왔다.

"이놈아, 이 무심한 놈아……."

게이트를 넘어서자 한 여인이 현준의 가슴팍을 때리며 오열했다. 현준의 어머니였다. 아버지도 그 옆에서 눈시울을 젖힌 채 현준을 바라보고 있었다.

어느새 훌쩍 커버린 여동생 경주 역시 마찬가지다. 울음을 참지 못해 이내 현준을 향해 뛰어들었다.

한참이나 네 가족은 아무 말 없이 눈물만 흘렸다. 가족을 만나면 꼭 전하리라 생각한 말들이 떠오르지 않았다. 오랜 시간이 지나서야 현준은 겨우 이 한 마디만을 내뱉을 수 있었다.

"다녀왔습니다."

오랜만에 돌아온 한국은 변함이 없었다. 여전히 높은 빌딩들이 빽빽하게 들어서 있었다. 도로 위를 거칠게 달리는 전기차와 공중에 떠서 속도를 위반하는지 지켜보는 감시로봇도 여전했다.

광활한 눈밭밖에 없는 북극과는 대조되는 광경이다.

"어떻게 지냈더냐."

운전대를 잡은 아버지가 물었다. 능력을 얻었다는 사실을 제외하면 숨길 것도 없었다. 현준은 술술 입을 열었다.

"피할 수 없으면 즐겨야 한다는 걸 깨달았습니다."

"고생이 많았겠구나."

현준은 고개를 저었다.

"좋은 경험이었다고 생각합니다. 처음에는 돌아가고 싶다는 생각뿐이었는데요."

누나탁 덕분이었다. 그가 자신을 이끌어주지 않았다면 오래전에 북극에서 최후를 맞이했을 것이다.

"그래, 북극이었다면 연락을 못하는 게 당연하지."

현준은 공항에 오기 전 전화통화를 통해 짤막하게 자신의 상황을 전한 뒤였다.

"죄송합니다."

진심을 담아서 말했다.

북극과 남극은 전 세계가 맺은 협약 때문에 개발이 불가능한 곳이었다. 당연히 전파도 제대로 닿지 않았다. 전화를 하고 싶어도 할 수 없었다. 하지만 그간 가족들이 겪었을 고충을 생각하면 죄송한 마음뿐이었다.

우주에서 사고를 겪고 현준은 사망자 처리가 되어 있었다. 주민등록이 말소되었으니 그 상태로 비행기를 타는 건 불가능했다.

가족과 연락이 닿아 신분증명이 되지 않았다면 한국 땅을 밟는 건 먼 후에나 가능했을 것이었다.

"아니다. 멀쩡히 돌아와 준 것만으로도 고맙다."

"아버지……."

현준은 차마 고개를 들 수 없었다.

오랜만에 도착한 집은 많은 게 바뀌어 있었다.

집의 크기, 모양, 심지어 위치마저도 말이다.

현준이 한국 땅을 떠나기 전만 하더라도 그들은 A지구의 4층짜리 저택을 소유하고 있었다. 그런데 막상 도착한 곳은 소외계층이 살아가는 F지구였다.

시대가 변하고 급성장한 한국은 빈부격차가 나날이 커져만 갔다.

못사는 사람들은 더욱 못살게 되었고, 잘사는 사람들은 놀기만 해도 돈이 굴러들어오는 구조가 완성되었다.

일반 시민은 안중에도 없는 정부. 오로지 기득권층의 이득만을 생각하게 된 정부는 마음대로 법을 개정하고 손보며 계층을 나눴다.

덕분에 같은 서울이라도 무려 여섯 개의 지구가 존재하게 되었다. 지구마다 등급이 붙었는데 각각 A, B, C, D, E, F의 순이었다. 뒤로 갈수록 못사는 이들이 모여 있는 건 당연지사다.

2134년.

머리에 박힌 마이크로칩이 모든 걸 대변하는 시대.

마이크로칩에 저장된 정보가 그 사람의 모든 걸 나타냈다. 삶의 수준에 따라 등급마저도 나뉘어 F등급이라 판정을 받으면 중요한 시설을 이용할 수 없거나 직업을 얻는 데 불이익이 발생한다. 심지어는 투표권조차 없었다.

투표권은 C등급의 시민부터 주어진다. A와 B등급의 시민은 C등급의 시민보다 더욱 많은 표를 행사할 수 있었다.

마이크로칩의 보급이 이루어진 2050년부터 조금씩 사회는 이런 식으로 변해 갔다고 한다. 우민화 정책이 계속되고 그때부터 정부의 영향력도 훨씬 커진 것이다. 혹자는 당시만 하더라도 모든 이에게 투표권이 있었다며 사람들의 낮은 시민의식 때문에 이렇게 됐다고 하는데…… 물론 자원의 고갈, 시대의 급격한 변화 등의 이유가 있겠지만, 80년이 지난 지금은 모두가 당연하게 받아들이고 있었다.

그나마 C지구까진 등급의 제한 없이 넘나들 수 있었다. 하지만 A와 B지구는 허락된 이가 아니라면 들어가는 것마저 불가능하다.

현준은 믿을 수 없었다.

자동기계 기술자인 아버지는 몇 개나 되는 특허를 내 사실상 일을 하지 않아도 떵떵거리며 살 수 있는 사람이었다. 그런데 F지구라니?

눈앞의 컨테이너 상자를 현준은 착잡한 눈빛으로 바라봤다. 이곳이 정말로 가족들이 머무는 집이라는 걸 깨닫는 데에는 긴 시간이 걸리지 않았다.

"많이…… 변했군요."

"이야기가 길다."

아버지가 침착한 음성으로 말했다.

그와 달리 어머니는 또다시 눈시울을 붉혔다. 여동생인 경주는 현준을 흘겨보다가 컨테이너 상자 안으로 들어갔다.

"박 씨, 차 다 썼으면 가져가도 되지?"

그때였다. 나이가 제법 들어 보이는 남자가 나타났다. 남자는 현준이 타고 온 차를 가리키며 이처럼 말했다.

아버지가 고개를 숙였다.

"예, 이 빚은 나중에 꼭 갚겠습니다."

"안 갚아도 돼. 것보다 저놈이 아들인가?"

"맞습니다."

"고놈 참 잘생겼네. 이제 박 씨도 한숨 놓겠어. 가뜩이나 허리도 안 좋은데……."

아버지가 남자의 말을 끊었다.

"먼저 들어가 보겠습니다."

"어, 그래. 들어가소."

차 키를 건네받은 남자가 머리를 긁적이며 돌아섰다.

자동차마저 빌린 것인 듯싶었다.

후우. 길게 한숨을 내쉰 아버지가 말했다.

"……들어가자."

컨테이너 상자 안은 외견처럼 그리 척박하진 않았다. 적당히 사람 사는 티가 날 만큼은 정돈되어 있었다. 그래도 세 명 이상의 사람이 살기엔 비좁아 보이는 건 어쩔 수가 없었다.

안에 들어간 즉시 아버진 술잔을 꺼냈다. 그는 현준과 잔을 부딪치며 쉬지 않고 술을 들이켰다.

허리가 안 좋다는 말을 기억해 낸 현준이 조심스럽게 걱정을 전했다.

"그러다 몸 상하십니다."

"괜찮다. 오늘 같은 날 안 마시면 마실 날도 없다."

죽었다고 생각한 아들과의 재회이기 때문일까. 아버진 매우 기분이 좋아 보였다.

연거푸 술을 들이켠 아버지가 피식 웃으며 말했다.

"너와 다시 술잔을 부딪치게 되는 날이 올 줄은 생각도 못했는데……."

고등학교를 졸업하자마자 현준은 미국으로 향했다. 미국에 가기 전날 밤 현준은 태어나서 처음 술을 마셨고 처음으로 마음을 터놓을 수 있었다.

"이제 자주 부딪칠 수 있을 거예요."

"당연히 그래야지."

탁. 가볍게 술잔을 부딪친 후 두 부자가 술잔을 털었다.

"제법 잘 마시는구나."

아버지가 의외라는 듯이 물었다. 처음 현준은 정말 지독히도 술을 못 마셨다. 두 잔 마시고 온갖 난리를 피웠을 수준이었다.

현준이 미소 지었다.

"저를 어릴 적의 그 코찔찔이라고 생각하시다간 큰코다칠 겁니다."

"후후."

현준은 아버지의 빈 잔에 술을 따랐다.

"잔 대라. 따라주마."

이어 아버지가 현준의 잔을 채워주었다.

주거니 받거니, 얼마나 시간이 지났을까.

취기가 오른 현준이 궁금했던 것을 물었다.

"어쩌다가 이렇게 된 겁니까?"

"꼭 들어야겠더냐?"

"예."

들어야겠다. 오늘 하루를 몽땅 소비하는 한이 있더라도 꼭.

아버지는 아예 술병 하나를 쥐고 마시기 시작했다. 잠시 후 술병에서 입을 뗀 아버지가 말했다.

"올라가긴 어렵고…… 떨어지는 건 한순간이더라."

이어 아버지는 긴 이야기를 시작했다.

"여느 날과 같았다. 나는 기계를 만지는 일을 제외하곤 할 줄 아는 게 없으니까. 평소처럼 공장에 나가 부품을 살피고 있었지."

아버지의 일과는 단순했다. 공장에 나가 그날 도착한 부품들을 살피고 주문받은 기계를 만드는 게 전부였다. 집에 돌아오면 잠들기 바빴다.

"갑자기 경찰들이 들이닥치더구나. 나는 이유도 모르고 끌려가 뭇매를 맞았다. 경찰에게 맞다가 죽을 수도 있겠다는 걸 처음으로 깨달은 날이었다."

지금은 잔잔하게 얘기하고 있지만 당시의 울분이 어땠는지는 감히 상상도 할 수 없었다. 현준은 눈살을 찌푸리며 말했다.

"대체 무슨 이유로요?"

"새로 임명된 총리에게 선물한 시계가 폭발했다고 하더군."

"시계가……?"

이상한 얘기였다. 폭탄을 장치하지 않는 한 시계가 터질 일은 없었다.

"눈 깜짝할 사이였다. 기술자 자격을 박탈당하고, 전 재산이 몰수됐지. 기술자 자격이 없으니 따놓은 특허도 백지장이 되었어. 그나마 죽지 않은 걸 다행으로 여기라더구나."

탁! 현준은 강하게 탁자를 내려쳤다.

"말도 안 됩니다! 아버지가 만든 시계가 폭발할 리가 없잖아요?"

아버지가 고개를 저었다.

"모르겠다. 변호사도 고용하고, 할 수 있는 건 다 해봤지만, 도무지 손쓸 방법이 없었다."

반쯤 포기한 모습이었다. 예전의 그 위엄 있는 아버지라고는 생각되지 않았다.

"대체 왜 그런 일이……."

"지금은 잊었다. 과거를 떠올린다고 현재를 살아갈 수 있는 건 아니니까. 그보다 나는 네 얘기가 궁금하다. 북극에서 이누이트족 사람들과 생활한다는 건 좀처럼 겪을 수 없는 일이지 않느냐."

아버지가 주제를 돌렸다. 더는 이야기하기가 어려운 듯싶었다.

현준도 이 이상 물을 수가 없었다. 대신 아버지의 의도대로 그간 겪은 일들을 풀어놓았다.

"……오로라가 정말 예뻤습니다."

"사진으로 몇 번 본 적이 있는 것 같구나."

"진짜 하늘에 커튼이 떠 있습니다. 나중에 꼭 같이 보러 가요. 누나탁이라고 소개해 줄 사람도 있습니다."

"그러자."

다음 날.

현준은 강렬한 구토감을 느끼며 눈을 떴다.

'조금 많이 마셨군.'

술자리가 시작됐을 때만 하더라도 하늘엔 태양이 걸려 있었다. 그러나 잠이 든 시간은 늦은 저녁이었다. 그간 쉬지 않고 마셨으니 속이 더부룩할 만도 했다.

'아무도 없나?'

의자에 앉은 채로 잠이 들었다. 누군가가 얇은 이불을 씌워준 것 같았다. 자리에서 일어나자 이불이 흘러내렸다.

현준은 주변을 둘러봤다. 아무도 없었다. 바깥을 바라보니 이제 막 태양이 떠오르는 중이었다. 집 안 중간에 걸린, 아주 오래된 아날로그시계의 시곗바늘이 5시 45분을 가리키고 있었다.

이런 이른 아침부터 가족 전원의 모습이 보이지 않았다.

현준은 식탁 위에 놓인 생수통을 들어 벌컥벌컥 물을 마셨다.

속이 나아지며 조금씩 갈증이 풀렸다.

"이제 일어났어?"

누군가가 집 안으로 들어왔다. 여동생인 경주였다. 경주는 운동복을 입은 채 수건으로 젖은 머리를 말리고 있었다.

"어디 갔다 온 거야?"

"씻고 왔어."

"어디서?"

경주가 문밖을 가리켰다.

"공중화장실."

현준은 고개를 갸웃했다.

"집에 화장실 있잖아."

그러자 경주는 눈을 흘겼다.

"수도비가 얼마나 비싼데."

이상하다. 현준은 어제 마음껏 집 안의 화장실을 사용한 기억을 떠올렸다. 그 표정을 보고 경주가 한숨을 내쉬었다.

"오빠가 캐나다에서 타고 온 비행기값. 그 돈이면 우리 가족이 한 달은 생활할 수 있어. 그거만 알아 둬."

현준은 할 말을 잃었다. 힘들다는 것은 알고 있었다. 하지만 A지구에 있을 당시만 하더라도 물이 비싼 줄은 모르고 있었다. 풀장 가득히 물을 받아서 수영하곤 했으니까. 이젠 물조차 아껴야 하는 생활이 된 것이다.

경주는 여전히 눈을 흘기며 말을 이었다.

"여긴 A지구가 아니야. 그때 기억은 전부 잊는 게 좋아. 적응하려면 힘들겠지만."

"적응……."

"힘들 거 같아?"

현준은 강하게 고개를 저었다.

"아니, 해야지."

그제야 경주의 표정이 조금 풀렸다.

"좋아! 힘들면 나한테 말해. 내가 몇 가지 조언쯤은 해줄 수 있으니까."

"머리나 말려라."

수건으로 머리를 닦는 경주의 손길이 더욱 빨라졌다.

"하여튼 갑자기 살아온 오빠 덕분에 집안이 휘청휘청이야. 그게 나쁘다는 건 아니지만, 어차피 살아 있으면 나 고등학교 졸업하고 왔으면 좀 좋아. 그때면 나도 열심히 일하고 있을 텐데."

현준은 저 말이 경주의 본심이 아님을 알아차렸다.

'안 본 사이에 아주 의젓해졌네.'

현준이 미국으로 가기 전 경주가 온종일 울던 모습이 눈에 선했다. 떼도 많이 쓰고 어리광도 많던 아이가 이렇게 변했다.

좋은 변화인 것은 맞지만, 현준은 한마디 할 수밖에 없었다.

"대학교는 가야지."

"그럴 돈이 어디 있어?"

"오빠도 일할 거니까. 걱정하지 말고."

이럴 때일수록 대학은 필수였다. 사정이 어렵다고 바로 일을 시작하는 건 악순환이 될 수도 있었다. 물론 고졸이 성공하지 못하리란 법은 없지만…… 중간에 퇴학당한 입장이다 보니 동생만큼은 대학을 보내주고 싶었다.

"흥, 옷 갈아입을 거니까 나가."

콧방귀를 뀐 경주가 현준을 밖으로 밀어냈다.

탕!

곧이어 문이 닫혔다.

얼떨결에 밀어내진 현준은 바깥에 서서 가만히 하늘을 올려다보았다.

'나도…… 빨리 일 찾아야겠다.'

느긋하게 있을 상황이 아닌 것 같았다. 아버지는 허리가 나빠서 장기적으로 약을 복용하고 있었다. 가뜩이나 몸 보전을 해야 할 지금 공장에 나가 굳은 일을 마다하지 않았다. 당연히 상황은 악화할 수밖에 없었다.

게다가 어머니도 C지구에서 파출부 일을 한다고 하셨다. 평생 손에 물 한 번 안 묻혀본 사람이 현실에 적응하고 변화한 것이다.

머릿속이 복잡했다. 몰락도 이런 몰락이 없었다. 우주와 북극에서 험한 경험을 겪지 않았다면 경주와 달리 현준은 적응하지 못했으리라 장담할 수 있었다.

지금은 그나마 상황을 받아들이는 게 빨랐다. 일을 찾아 가게에 보탬이 되는 게 최우선적으로 해결해야 할 사항인 것 같았다.

끼익. 소리와 함께 곧이어 컨테이너 상자의 철문이 열렸다.

교복을 입고 가방을 멘 경주가 나왔다.

"어때?"

"뭐가?"

"아냐. 됐어."

현준은 피식 웃었다.

"예쁘다."

"그건 당연하지."

"데려다 줄까?"

경주의 표정이 굳었다.

"필요 없어. 창피해."

"데려다 줄게."

경주가 빠르게 길을 걸었다.

"열쇠는? 집 열쇠 없어?"

경주는 주머니에서 열쇠를 꺼내 현준에게 던졌다.

"여기."

열쇠를 건네받은 현준이 집의 문을 잠갔다. 그리고 경주의 옆에 서서 걷기 시작했다.

경주가 현준을 째려봤다.

"왜 따라와?"

"걷기운동 하는 거 안 보이냐."

"운동을 왜 하필 지금 해?"

"일찍 일어난 새가 먹이를 잡는단다."

"일찍 일어난 먹이겠지. 먹힐 준비하는 먹이."

투덜대며 경주가 발걸음 속도를 높였다. 그래 봤자 북극을 오간 현준에겐 애교 수준이다.

하지만, 삼십 분이 지나 한 시간이 흘러도 학교가 나올 기미는 보이지 않았다.

"아직 멀었어?"

"힘들면 돌아가. 운동 다 됐겠네."

경주는 매일 이런 길을 오가는 것이다. 현준이 걱정스럽기 그지없다는 어조로 말했다.

"이러다가 다리에 근육 생기겠다. 경주야, 자고로 여자는 다리가 예뻐야……."

"제발 가!"

경주를 데려다 준 현준은 그 즉시 일을 찾아 나섰다. 하지만 주민등록이 말소된 사람을 받아줄 곳은 어디에도 없었다.

주민등록을 살리는 게 급했다.

말소된 주민등록은 바로 살릴 수 있는 게 아니었다. 가정법원에 현준 본인이 실종되지 않고 살아 있다는 충분한 해명 자료를 첨부해야만 했다.

이후 확인이 되고 부활하는 데 걸리는 시간도 무시할 수 없었다.

일주일 정도 걸린다는 대답을 듣고 기다렸다. 그러나 일주일이 지나도록 결과는 나오지 않았다.

"신청한 지가 언제인데 대체 왜 아직도 결과가 안 나오는 겁니까?"

참다못한 현준은 직접 가정법원을 찾았다. 공무원인 담당자가 눈살을 찌푸렸다.

"거참. 우리라고 노는 줄 알아요? 처리할 일이 많습니다. 기다려 봐요."

"빨리 좀 부탁합니다."

"이 형씨가. 기다려 보라니까. 모든 건 차례라는 게 있는 법이에요. 차례 무시하고 일할 수는 없잖아요?"

현준은 입술을 꾹 깨물며 살짝 고개를 숙였다.

"죄송합니다. 마음이 급해서…… 얼마나 걸리겠습니까? 그 부분만이라도 알려주십시오."

담당자는 허공에 뜬 스크린을 몇 번 클릭하더니 턱을 쓸었다.

"지금 속도면 글쎄, 못해도 3개월?"

"예? 3개월이나요?"

3개월은 너무 늦다. 그 시간 동안 수입이 없으면 하나 더 늘어난 입을 감당할 수 없을 것이었다.

담당자가 슬쩍 고개를 숙인 채 작게 말했다.

"물론 신청자분께서 아주 급하시면 조금 더 빨리 처리해 줄 수 있긴 합니다."

"저 많이 급합니다. 제발 좀 부탁합니다."

"그러니까 성의가 필요한 부분입니다만……."

현준은 그게 뇌물을 원하는 행동임을 깨달았다. 현준은 눈살을 찌푸렸다. 있는 돈도 없거니와 돈이 있더라도 내줄 생각은 없었다.

"공무원이 이래도 되는 겁니까?"

"무슨 말이에요?"

"대놓고 뇌물을 달라는 거 아닙니까?"

담당자가 시치미를 뗐다.

"이상한 사람이네. 다음 고객님 받아야 하니까 비키세요."

"설마 이런 식으로 계속 순번이 밀린 겁니까? 신청할 때만 해도 분명히 1주일 안으로 된다고⋯⋯!"

"경비원!"

담당자의 목소리를 들은 즉시 검은 정장을 입은 세 남자가 나타났다. 하나같이 우람한 몸집을 가진 그들이 현준의 몸을 붙잡았다.

"제 주민등록, 처리해 주세요."

"뭐해? 끌어내지 않고!"

그런데 남성 셋이 달라붙어도 현준의 몸은 움쩍달싹하지 않았다. 마치 땅에 박힌 바위처럼 말이다.

현준의 눈이 담당자에게 박혔다. 활화산마냥 이글거리는 눈빛에 담당자는 오싹함을 느꼈다.

"아뜨뜨!"

"으헉!"

현준을 붙잡은 세 남자가 손을 떼며 급히 물러났다. 그들의 손은 화상을 입을 듯 붉었다.

쾅!

현준은 담당자가 앉은 책상을 거칠게 두드렸다.

"일주일만 더 기다립니다."

"⋯⋯."

그 말을 전하고서 어깨를 들썩이며 현준은 몸을 돌렸다.

가정법원을 벗어난 현준은 근처 벤치에 앉아 본인의 허벅지를 내려쳤다.

'제기랄.'

말은 해놨지만, 과연 일주일 안으로 처리될는지는 알 수 없었다. 어쩌면 괘씸하다고 여기고 기한을 더욱 늘릴 수도 있었다.

A지구에 있을 땐 몰랐다. 그곳에 있는 모든 공공기관은 말 그대로 깨끗 그 자체였다. 친절하기도 하고 속도도 가공할 만큼 빨랐다. 이따위 일은 하루면 처리할 수 있었다.

'제기랄……'

설마 처음부터 발목이 잡힐 줄은 몰랐다. 뇌물을 받는 것도 당연하다는 행동이었다. 절로 이가 갈렸다.

하지만, 언제 나올지 모르는 결과를 기다리며 이런 식으로 세월아 네월아 시간만 보낼 수는 없었다.

찾기 쉽지는 않을 테지만 발품을 팔다 보면 주민등록을 확인하지 않고 일을 시켜주는 곳이 있을 것이다. 많은 급여를 바랄 수는 없으나 수입 한 푼 없는 것보다는 나을 것이었다.

현준은 세상을 긍정적으로 바라보는 법을 북극에서 익혔다. 하지만 그곳은 시선을 돌리면 정말 모든 게 아름다웠다. 이곳의 현실은 아름답지 않았다.

지난 일주일. 현준이 발품을 팔지 않은 게 아니다. 그러나 욕을 듣거나 쫓겨나는 일이 태반이었다. 큰돈을 벌게 해준다며 대놓고 사기를 치려는 사람도 있었다. 모두 주민등록이 없기에 벌어진 일이다.

아니, 있더라도 확실치는 않았다. 등록이 부활하면 현준은 즉시 F등급의 시민으로 등재된다. 갖은 재산이나 사회적 지위가 한참이나 낮은 탓이다. 거기다가 전과 기록까지 있으니 사실상 대기업에 취직하는 건 꿈속에서나 가능할 터였다. 오히려 꺼리는 사람이 더욱 늘어날지도 모른다.

'현준아, 일어나자. 아직 해 지려면 멀었다.'

그럼에도…… 없는 것보다는 나으리라.

현준은 한숨을 길게 내쉬며 자리에서 일어났다.

앉아 있기만 해서 해결되는 일은 없었다.

＊　　　＊　　　＊

협박 아닌 협박이 먹혀든 걸까? 그로부터 3일이 지나고 현준의 주민등록이 부활했다. 망가진 마이크로칩을 교환한 후 등급을 재조정받은 현준은 겨우 한시름 놓을 수 있었다.

하지만 흥진비래(興盡悲來)라고 했다. 좋은 일이 있으면 나쁜 일도 일어나게 마련이다. 주민등록이 부활하자마자 아버지가 병원에 몸져누워 있다는 통보를 받았다.

부랴부랴 병원으로 향한 가족은 의사에게 청천벽력과 같은 말을 들었다.

"허리디스크가 굉장히 심합니다. 이 정도면 걷는 것도 힘들었을 텐데…… 치료를 받지 않으면 하반신불수가 될 수도 있습니다."

어머니가 믿기지 않는단 눈초리로 물었다.

"의, 의사 선생님. 허리디스크로 하반신불수가 될 수도 있는 건가요?"

"신경이 많이 손상되어 있습니다. 골다공증에 의한 디스크라 자칫하면 뼈가 부러질 수도 있어요. 다행히 지금이라면 현대의학으로 완치 가능합니다."

"완치할 수 있다고요?"

"예, 수술받고 한 이 개월 정도만 병원에서 요양하시면 예전의 건강한 허리를 되찾을 수 있습니다."

그러자 어머니는 눈을 꽉 감았다.

옆에선 현준은 그녀를 대신해 말했다.

"비용은 얼마나 듭니까?"

"전부 합쳐서 이천 정도 생각하시면 됩니다."

과거 한차례 극심한 인플레이션을 겪고 화폐가치를 100 대 1로 디노미네이션 한 적이 있었다. 당시의 5만 원이 현재의 500원이 된 것이다. 그래도 2천만 원이면 현재 현준네 집안 사정으로선 어마어마한 돈이었다. 그만한 여윳돈이 있다면 F등급 시민으로 등재되지도 않았을 터였다.

"결정은 빨리 내려주셔야 합니다."

"언제까지……?"

어머니가 묻자 의사가 답했다.

"당연히 빠를수록 좋습니다. 환자의 상태도 상태니까요. 게다가."

의사는 환자의 신상이 적힌 파일 첩을 내려다보곤 말을 이었다.

"병실에 그냥 누워만 있어도 비용이 청구됩니다."

환자실로 향하며 경주가 씩씩거렸다.

"요즘 의사는 다 장사꾼이라더니, 틀린 말 없네. 뭐 저딴 의사가 다 있어?"

의사의 태도는 정말로 장사꾼 이상이 아니었다. 돈으로 시작해서 돈으로 끝났다. 환자의 상태를 걱정하거나 가족의 위안을 전하는 모습은 전혀 보이지 않았다.

어머니가 땅이 꺼지라 한숨을 내쉬었다.

"경주야. 의사 선생님은 훌륭한 분이야. 욕하면 안 돼."

"엄마는 저 모습을 보고도 그런 말이 나와?"

"경주야."

"……"

어머니의 압박 서린 눈빛에 경주가 입을 꾹 닫았다. 그러나 눈빛은 여전히 불만이 가득했다.

셋은 곧이어 환자실에 당도했다. 침구 위에 아버지가 가만히 누워 있었다.

그는 인기척에 고개를 돌리더니 가족들의 모습을 확인하곤 대뜸 말했다.

"안 된다."

"여보, 뭐가 안 된다는 거예요?"

"수술은 안 돼."

이미 결정했다는 듯 고집스러운 말투였다. 어머니가 울상을 지으며 말했다.

"하반신불수가 될 수도 있대요."

"안 된다면 안 되는 거야."

"여보."

"어허."

아버지가 고개를 돌렸다. 더는 이야기하지 않겠다는 태도였다.

"돈 때문에 그래요? 그건 걱정하지 마요. 돈이 아예 없는 것도……."

아버지는 다시 어머니를 쳐다보며 노성을 질렀다.

"그걸 말이라고 해!"

미간을 쥔 아버지가 이어서 말했다.

"그 돈이 어떤 돈인데. 현준이 목숨값이잖아. 당연히 돌려줘야지."

"아버지, 제 목숨값이란 게 무슨 소리입니까?"

궁금증을 참지 못한 현준이 묻자 아버지 대신 어머니가 말했다.

"네가 우주에서 사고를 겪고…… 그 위로금이라며 받은 돈이 있단다. 부득불 네가 살아 있으면 돌려줘야 한다고 너희 아버지가 고집을 피워서 사용하지 않았던 돈이야."

"돌려주지 않아도 되는 건가요?"

"돌려준다 하더라도 꽤 시간이 걸릴 거야. 그 시간 동안 우리가 벌어서 채워 넣으면 되는 거 아니겠니?"

일견 타당한 말이었다. 곧 현준도 노동전선에 뛰어들 작정이었다. 2천만 원. 큰돈이지만, 아끼고 아끼면 모으지 못할 돈도 아닐 것이다.

"아버지, 어머니 말씀대로 해요. 저도 열심히 일할게요."

"아빠! 나도요. 나도 열심히 아르바이트 뛸게요. 그렇게 해요, 네?"

경주까지 합세했다.

하지만 아버지는 단호했다.

"그게 무슨 소리냐. 아들 죽었다고 내민 돈을 내가 사용하라는 소리냐? 다시 채워서 주면 된다고? 그렇게는 못한다. 내 눈에 흙이 들어와도 그렇게는 못해."

"아버지."

"아빠!"

"듣기 싫다. 다 나가라! 나가……!"

무리하며 일어서려던 아버지가 인상을 찌푸리며 몸을 부들부들 떨었다. 이내 허리를 짚으며 다시 누운 아버지가 점잖게 말했다.

"지금 당장 나 죽는 꼴 보기 싫거든 나가거라."

그러나 지은 표정만큼은 결연하기 그지없었다.

현준은 답답한 심정으로 길거리를 거닐었다.

'아버지 허리가 그 정도로 안 좋으셨다니.'

티를 내지 않아서 알아차릴 수 없었다. 그냥 '안 좋다'라고만 여기고 있었지 그게 '하반신불수가 될 수 있을 만큼 안 좋다'라곤 생각하지 않았다.

가장으로서의 입장도 한몫했을 것이다. 무너진 집안. 누군가 한 명은 각을 잡고 버팀목이 되어줄 사람이 필요했다. 아프다는 티를 내면 즉시 전체의 분위기에 영향을 끼칠 수밖에 없다.

의사가 말하길 평소 걷는 것조차 힘들 것이라 하지 않았던가. 그 고통이 얼마나 될지는 상상조차 가지 않았다.

한 가지 확실한 건 아버지는 위대하다는 것이며…… 이제 그 자리를 자신이 채워야 한다는 것이었다.

'돈 없으면 아무것도 할 수 없는 세상이구나.'

새삼 돈의 중요성을 깨닫는다.

의식주는 두말할 필요가 없다. 심지어 주민등록을 살리는 것까지 돈을 요구했다.

현준은 이를 악물었다.

돈! 돈! 돈!

그 돈이 필요했다.

많이 있을수록 좋았다. 그러면 오늘과 같은 일에도 고민하지 않을 테니.

골목길을 걷다가 현준은 벽에 붙은 종이 한 장을 바라봤다.

종이의 중앙엔 대문짝만 하게 한 남성의 사진이 스캔되어 있었다. 현상수배범 전단이었다.

다른 건 보이지 않았다. 맨 아래에 적힌 현상금 부분만 현준의 눈에 들어왔다.

'현상금 3천만 원!'

잡거나 잡는 데 결정적 증인을 한 사람에게 주어지는 상금이다.

3천만 원이면 세금 떼도 아버지 허리 수술하고 조금 남는다.

그러나 현준은 이내 피식 웃었다.

'아서라. 찾아야 잡거나 신고를 하지. 그런 운이 나한테 떨어질 리가 없잖아?'

현준은 자신의 손을 내려다봤다. 본인이 가진 능력이라면 어지간한 범죄자는 상대도 되지 않을 것이다. 하지만, 찾는 게 문제였다. 현상금수배자가 나 여기 있소, 하고 바로 앞에 나타날 리가 없었다.

고개를 내저은 현준이 도착한 건물 위를 바라봤다.

건물의 2층. '영원인력 소개소'라 적힌 간판이 위태롭게 흔들리고 있었다.

인력소의 소개를 받아 현준은 공사현장에 도착했다.

아파트 공사장이 아니라 목수들이 일할 수 있도록 나무를 옮기고 나무를 그을린 뒤 깎아내는 작업을 하는 곳이었다.

처음 하는 일. 현준은 빠르게 적응했다. 그리고 누구보다 열심히 일했다. 능력을 얻은 덕분에 쉽게 지치지 않았다. 근력도 늘어나서 커다란 나무를 들어도 그다지 힘들지 않았다.

"처음 보는 친구인데 일 잘하는군. 계속 여기서 일할 생각 없나?"

이곳 담당자로 보이는 남자가 현준이 일하는 모습을 보고 다가왔다.

"여기서 계속요?"

"내 소개로 일하면 인력소에 수수료 떼일 일도 없을 걸세. 어떤가?"

현준은 인력소가 가져간다는 수수료를 생각해 봤다.

"……감사합니다. 진지하게 생각해 보겠습니다."

"그래, 한 번 진지하게 생각해 봐. 나쁜 의도는 없네. 웬만해선 오늘 처음 온 사람한테 이런 말 안 하는데 자네 일하는 모습이 굉장히 마음에 들어서야."

남자가 현준의 등을 두어 차례 두드리곤 푸짐하게 웃으며 자리로 돌아갔다.

이후 현준은 다시 일에 집중했다.

작업하는 내내 먼지가 심하게 일었다. 마스크를 썼지만 눈과 코로 간간이 들어오는 먼지가 괴로웠다.

대부분이 기계화된 시대.

하지만 인력은 여전히 유용하게 사용되고 있었다. 기계를 들이는 비용보다 사람을 사용하는 편이 싸게 먹히는 곳도 있기 때문이다. 예컨대 공사 현장이 그랬다.

오후 다섯 시쯤이 되어서 하루 일이 끝났다. 다시 인력소로 향한 현준은 약속한 하루치 임금을 받을 수 있었다.

'6만 원······.'

일당 10만 원. 그중 수수료만 4만 원에 달했다. 때문에 들어온 돈은 6만 원에 불과했다. 미리 언질 받았지만, 실망감이 드는 건 어쩔 수 없었다.

'거기서 계속 일을 해봐?'

아무리 생각해도 수수료가 너무 많다. 현준은 일터에서 담당자가 한 이야기를 계속 되뇌었다.

꼬르륵!

인력소를 나서자 배가 울었다.

아침과 점심은 일터에서 챙겨줬으나 저녁은 먹지 못했다. 현준은 굶주린 배를 움켜잡고 상점가를 지나쳐갔다.

이곳은 C지구였다. F지구까지 가는 길은 멀었다. 버스를 타도 F지구까지 들어서는 게 없었다. 일정 거리는 걸어갈 수밖에 없다는 뜻이었다.

지금은 버스비조차 아깝다. 현준은 가만히 바닥만 보면서 걸었다. 어깨에 좀처럼 힘이 들어가지 않았다.

툭!

하염없이 걷고 있던 도중이었다. 누군가와 강하게 몸이 부딪쳤다.

"씨파! 눈을 어디다가 두고 다니는 거야?"

"아, 죄송합니다."

현준은 사과하며 고개를 들었다.

그 순간, 현준의 눈이 어느 때보다 커다래졌다.

"뭘 봐? 눈깔 안 치워?"

"자기야. 그러지 마아."

"아냐. 이 새끼 눈이 마음에 안 들어."

남자가 현준의 가슴팍을 쥐었다. 하지만 현준에게 그런 건 아무래도 상관없었다.

옆에서 말리는 여자의 목소리도 귀에 들려오지 않았다. 남자에게서 눈을 뗄 수가 없었다.

"눈깔아, 새끼야."

현준은 기억을 더듬었다.

그리곤 확실하게 떠올릴 수 있었다.

'이 사람은······!'

아침에 본 수배전단.

그곳에 얼굴을 올린 남자가 지금, 눈앞에 있었다.

제4장

초인공지능 메시아

아아. 순간 현준은 가슴 깊숙한 곳에서 벅차오르는 희열을 맛보았다.

이 기분을 표현하자면…… 복권 1등에 당첨된 기분? 가만히 있어도 웃음이 나고, 절로 '예스, 예스'가 외쳐지는 심정이었다.

남자는 당황했다.

"뭐, 뭐야, 왜 울고 지랄이야?"

"감사합니다. 감사합니다."

멱살을 부여잡자 현준이 돌연 눈물을 흘린 탓이다.

정신이 멀어지며 목이 멨다. 가슴이 쿵쾅쿵쾅 뛰며 눈앞이 뿌예졌다.

묘했다. 막다른 길에 다다랐다고 생각하자 길이 나타났다. 현상수배범의 얼굴을 착각할 리 없었다. 몇 번이고 확인하지 않았던가.

옷차림은 다르지만 틀림없었다.

현준은 하늘 위에 있을 그분을 향해 연방 고마움을 전했다.

"이게 실성을 했나."

남자가 금세 평정을 되찾고 무섭게 노려봤다. 현준은 살짝 공중에 뜬 상태에서 남자의 양손을 붙잡았다.

"전신 불법개조, 마약 밀수, 1급 살인 현상수배범, 진필상 씨 맞습니까?"

남자의 표정이 급격히 굳었다.

"경찰이냐?"

"수배 전단을 봤습니다."

남자가 품에서 날이 잘 든 단검 하나를 꺼내 쥐었다.

"곱게는 못 돌아갈 줄 알아라."

현준은 고개를 저었다.

"얌전히 잡히시길 권고합니다. 크게 다칠 수도 있습니다."

"진짜 미친놈 아니야?"

남자가 단도로 현준의 복부를 찌르려 할 때였다.

"저는 분명히 경고했습니다."

화르륵!

현준의 전신에서 불길이 치솟았다.

단검이 형체도 없이 녹았다.

남자가 기겁하며 물러섰다.

"마지막으로 권고합니다. 얌전히 잡히십시오."

놓칠 생각, 터럭만큼도 없다. 반드시 잡는다. 무슨 일이 있어도 잡는다. 죽는 한이 있어도 잡는다.

그 과정에서 다소 과격한 수가 동원해도 어쩔 수 없다. 어차피 눈앞의 남자는 죽어도 싼 놈이었다.

남자가 말했다.

"너도 개조자냐?"

몸을 개조한 사람을 이르는 말이다.

남자의 오른팔 살갗이 타며 검은색 강철이 드러났다. 살이 불에 타고도 고통을 호소하지 않은 건 남자가 개조자이기 때문이었다.

본래 몸을 저런 식으로 개조하는 것은 불법이다. 하지만 현준은 불법개조가 암암리에 행해지고 있다는 걸 아주 잘 알고 있었다. 우주에 있을 당시에도 몸을 불법개조했다가 잡혀 온 녀석이 꽤 많았다.

이유를 묻자 피어싱을 비유했다. 신체를 바꾸는 것과 단순히 살을 뚫는 것에 무슨 관계가 있는지 모르겠지만 묘한 중독성이 있는 모양이었다.

차가운 철의 감촉과 살이 붙는 그 감각. 약한 것을 버리고 강한 것을 얻는 그 도취감. 그걸 버리지 못한다는 것 같았다.

"대답이 없는 걸 보면 맞나 보군!"

짧게 이죽거린 남자가 주먹을 획획 휘둘렀다.

현준은 그런 남자를 가만히 바라보았다. 개조한 신체는 본래 신체의 수십, 수백 배에 달하는 힘을 내는 게 가능하다. 일반인이 맞았다간 단번에 뼈가 으스러지며 즉사해도 이상하지 않다.

하지만…… 막상 싸움을 시작하려 하자 현준의 마음은 고요하기 그지없었다. 잔물결 하나 없이 도도히 흐르는 호수와 같았다.

지리란 생각이 전혀 안 들었다.

남자가 주먹을 휘둘렀다. 동시에 호수에 작은 파문이 일었다.

화아악!

불꽃이 더욱 높게 치솟았다. 현준은 겁을 상실한 듯 개조된 팔을 맨손으로 붙잡았다.

벽도 박살 내는 주먹이 너무 쉽게 막혔다.

"어……?"

남자는 놀란 눈초리를 지었다. 손을 빼내려고 했지만 움직일 수 없었다.

"이, 이거 안 놔?"

불꽃이 남자의 팔을 타고 옮는다. 강철을 타고 번지는 불길은 존재하지 않지만 실제로 벌어지고 있었다. 어깻죽지까지 불길이 닿자 남자가 소리쳤다.

"자, 잠깐!"

쿠당탕!

현준은 남자의 팔을 비틀어 바닥에 내동댕이쳤다.

남자는 바닥을 쓸며 쓰러졌다.

잠시 후 겨우 자리에서 일어선 남자가 기가 막히단 표정을 만들었다. 강철의 표면이 조금 녹아 있었다.

"미친. 티타늄합금이 녹았다고……?"

남자의 강철 팔의 소재는 티타늄합금이었다.

물론 티타늄합금도 녹긴 한다. 최소 3천도 이상의 불길에선 말이다.

그러나 3천도 이상의 불길이면 남자는 진즉 녹아서 사라져야 했다. 앞뒤가 맞지 않았다.

퍼억!

거기까지 사고한 찰나였다. 남자는 코피를 흩뿌리며 허공을 배회했다.

'이런 씨……!'

남자가 속으로 욕지기를 내뱉었다. 단순한 주먹이 아니라 묵직한 둔기로 얻어맞은 것 같았다. 정신을 차릴 수 없었다.

퍽! 퍽! 퍼억!

현준은 멈추지 않았다. 쓰러진 남자가 기절할 때까지 손에 사정을 두지 않았다.

사방에 피가 튀었다. 현준의 얼굴과 눈빛은 마치 사냥꾼을 연상케 했다.

남자는 사냥감이었다. 사냥꾼이 사냥감을 사냥하는 데 머뭇거림이 있을 리 없다.

살이 찢기고 이빨이 튀어 올랐다. 마침내 코가 함몰되며 남자는 정신을 잃었다.

"그만해요! 그러다 죽겠어요!"

남자와 함께 있던 여자가 눈을 꼭 감고서 소리쳤다.

비명과 같은 외침에 정신을 차린 현준은 이미 피떡이 되어 쓰러져 있는 남자와 그 위에 탄 자신의 모습을 자각할 수 있었다.

'……하마터면 큰일 날 뻔했군.'

여자가 말리지 않았으면 진짜 죽을 수도 있었다. 지금도 상태가 위태로웠다. 코뼈가 함몰되어 얼굴이 흉측하게 변했다. 얼굴의 모든 구멍이란 구멍에선 피가 줄줄 흘러나오고 있었다.

누가 봐도 인상을 찌푸릴 광경이었다.

'내가 이렇게 잔인한 사람이었던가?'

참상을 접한 현준은 고개를 저었다. 착하다고도 할 수는 없지만 잔인한 성격도 되지 못했다.

한데 지금은 양심의 가책조차 느껴지지 않았다. 사람을 이 지경으로 만들었는데도.

현준은 혀를 찼다.

이러한 변화가 북극에서 겪을 일의 영향 탓인지, 아니면 능력을 얻은 것과 연관이 있는지 당장은 알 수가 없었다.

그러나 잔인해지지 않았다면 현상수배범도 잡지 못했을 것이다.

3천만 원을 눈앞에 두고도 모른 척했을 게 분명했다.

사람인 이상 이기적일 수밖에 없었다. 남자가 죽는 것과 아버지가 하반신불수가 되는 것 중에 선택하라면 현준은 주저없이 전자를 고를 것이었다.

현준은 몸을 일으켰다.

이어 남자를 어깨에 멨다.

"방해할 겁니까?"

옆에서 몸을 벌벌 떨던 여인이 강하게 고개를 내저었다. 그녀는 비명과 같은 외침을 한차례 내지른 후 아예 남자에게 시선을 주지 않았다.

현준은 기절한 남자를 질질 끌며 이동하기 시작했다.

2,340만 원.

세금 22%를 제하고 현준이 받은 현상금이다.

남자가 현상수배범이라는 걸 확인하고 현준의 신분이 증명되자 닷새 뒤 현상금을 받을 수 있었다.

현준은 엊그제 개설한 통장으로 들어온 금액을 보며 뛰는 가슴을 진정시킬 수 없었다.

'일, 십, 백, 천, 만, 십만, 백만…… 천만!'

잘못 본 게 아니다. 여덟 자리의 숫자가 통장에 찍혀 있었다.

2,340만 원!

아버지 수술시키고 340만 원이나 남는 돈이다. 이 돈이면 아끼고 아껴서 몇 개월은 버틸 수 있을 것이었다.

6만 원 일급으로 2,340만 원을 벌려면 390일을 일해야 한다. 공사현장 담당자의 말마따나 수수료 없애고 일급이 10만 원으로 증가해도 234일이 걸린다.

현준의 입가에 미소가 떠나지 않았다. 호박이 넝쿨째 굴러들어왔다.

설마 그곳에서 아침에 본 현상범을 만날 줄이야.

'하늘이 도왔지.'

현준은 코를 쓸었다. 급한 고비는 넘긴 셈이다. 적어도 아버지가 하반신불수가 될 일은 없을 터였다.

경주는 의사가 돈을 밝히는 장사꾼과 다를 게 없다며 욕을 했지만 돈만 지급되면 확실히 고쳐내는 것도 그들이었다.

'이참에 현상금 사냥꾼이나 되어 봐?'

그것도 나쁘지 않을 듯싶었다.

갖춘 능력을 십분 활용하면 개조인간도 무리 없이 상대할 수 있었다. 대부분의 몸값 비싼 현상범들은 몸을 불법개조에 해 흉악범죄를 일으킨 경우가 많았으니 현준에겐 안성맞춤이었다.

운에 의존해야 하는 경향이 있긴 해도 확률을 대폭 상승시키면 그만이다.

확률을 상승시키는 방법은 여러 현상범의 얼굴을 외우고 본격적으로 조사하는 것이다. 몰이 사냥하듯 조금씩 내몰아서 그중 하나가 모습을 드러낼 수밖에 없게끔 하면 된다.

수천만 원에서 수억, 심지어 수십억짜리 현상범이 존재하는 시대였다. 과학은 진보를 이뤘으나 그만큼 범죄도 다양해졌기 때문이다.

능력도 있겠다, 막노동판을 전전하는 것보단 돈이 되지 않을까?

불법을 저지르는 것도 아니지 않은가. 오히려 흉악무도한 놈들을 잡아 당당하게 돈을 받는 일이다.

'나쁘지 않아.'

점점 현상범을 사냥하자는 쪽으로 마음이 기울었다. 거물급 현상범 하나만 잡아도 동생 대학 보내고, 어머니 파출부 일도 그만두게 할 수 있었다.

예전처럼 규모가 크진 않겠지만 아버지가 맡을 작은 공장도 하나 세울 수 있을 것이었다.

'후후!'

역전도 이런 역전이 없었다.

하늘이 어둡게만 보인 게 엊그제이거늘.

이 모든 게 넝쿨째 굴러온 현상범 덕분이었다.

급한 불이 꺼지자 현준의 마음속엔 핑크빛 미래가 들어찼다.

집으로 돌아가는 현준의 발걸음은 가볍기 그지없었다.

현준은 장장 삼 일에 걸친 노력 끝에 아버지를 설득하는 데 성공했다.

완고한 아버지지만 진심은 통하는 법이었다. 우연히 발견한 현상범을 신고해서 현상금을 탔다고 말한 게 유효했다. 직접 부딪쳤다는 이야기는 뺐지만, 거짓말은 아니었으니까.

스스로 당당했기에 아버지가 고개를 끄덕인 것이다. 조금의 걱정을 시켜 드릴지언정 당당하지 못했다면 아버지가 그를 알아차리지 못할 리 없었다.

마침내 수술 당일.

수술실로 들어가는 아버지는 평소처럼 무뚝뚝하기 그지없는 모습이었다. 강 건너 불구경하는 표정이라고 해야 하나?

"금방 다녀오마."

그래도 본인 일이라는 걸 자각하고는 있는 것 같았다. 아버지는 무덤덤하게 말하며 가족들을 살폈다. 그리고 두 마디 더 덧붙이셨다.

"대수롭지 않은 수술이다. 나 안 죽는다."

어머니는 기어코 눈물을 흘렸다. 경주도 어머니를 따라 엉엉 울었다.

현준은 굳게 닫힌 입을 열었다.

"다녀오십시오."

"오냐."

이어 아버지는 침대 위에 누우신 상태 그대로 수술실에 들어갔다.

수술은 다섯 시간에 걸쳐 이뤄졌다. 어머니와 경주, 현준 모두 화장실 가는 것조차 잊고 그 앞에서 하염없이 기다리고만 있었다.

철컥!

굳게 닫힌 수술실의 문이 열리며 의사가 나왔다.

어머니는 그 즉시 달려가 물었다.

"선생님, 저희 그이 수술은 잘된 건가요?"

수술복을 입은 의사가 고개를 끄덕였다.

"예, 수술은 잘됐습니다. 앞으로 두 달간 요양하시면 완치가 되실 겁니다."

"아아……!"

스르륵 쓰러지는 어머니를 현준이 겨우 지탱했다. 수술실 바깥은 또 한차례 울음바다가 되었다.

'내가 잘해야 해. 꼭.'

이런 일은 한 번이면 충분했다.

두 번 다시 겪고 싶지 않았다.

현준은 주먹을 강하게 쥐었다.

＊　　　＊　　　＊

문제는 정보였다. 수십, 수백에 달하는 범죄자의 얼굴과 내용을 기억할 수는 있지만 그들을 잡으려거든 가장 최근에 해당하는 정보가 필요했다.

현준은 민간인이다. 그것도 F등급의 시민이다. 범죄자의 자취를 좇으려면 경찰의 도움이 필수였다. 그들이 가진 데이터 망. 그것만 열람할 수 있으면 엄청난 도움이 될 것은 자명했다.

그러나 현준은 데이터망을 열람할 권한이 없었다. 경찰들은 현준을 쳐다도 보지 않았다.

하는 수 없이 노선을 변경했다.

'이가 없으면 잇몸이지.'

졸지에 탐정이 된 것이다.

현준은 각종 소문을 종합했다. 신문, 뉴스, 인터넷, 찌라시 등등 모든 걸 활용해서 범죄자들의 자취를 따랐다. 그중 가장 도움이 된 건 SNS였다. 사람들이 실시간으로 올리는 상황, 거기에 최대한 범죄자의 이름을 대조하여 스크랩했다.

모으고 모으니 사과 상자 하나가 금세 들어찼다. 이만한 정보를 모으면서 알아낸 게 없는 게 이상하다. 전부는 아니어도 몇몇 범죄자가 자주 다니는 경로를 파악하는 것에 성공했다.

'거물급은 아니지만.'

드러내놓고 돌아다니는 범죄자는 피라미들뿐이었다. 이전에 잡은 남자처럼 몇천만 원이나 하는 이들의 자취는 좀처럼 찾기 쉽지 않았다.

'이게 어디야.'

일주일간 밤잠을 설쳐가며 혼자 힘으로 이뤄낸 성과다. 스스로가 대견스러워지는 순간이었다.

현준은 컴퓨터를 종료시켰다. 그리곤 뿌듯한 눈초리로 본체를 바라봤다.

듀라함—Ⅲ

이미 30년도 더 전에 단종된 컴퓨터기기다. 골동품점에 먼지가 쌓여 있는 걸 발견하여 싸게 데려왔다.

21세기 초반의 향수를 살리겠다고 디자인한 컴퓨터라 본체와 모니터가 따로 존재했다. 요즘 나오는 일체형 양자컴퓨터와는 여러모로 달랐다.

향수를 살리겠다는 포부. 그러나 너무 돌아갔다. 무려 100년 전의 향수를 살린다고 그리워할 사람은 전부 무덤 속에 묻혔다. 그나마 신세대한테 신선함과 특이함을 줘서 초반에 인기를 조금 얻은 게 전부였다. 결국 냉정한 시장원리에 따라 매장되었다. Ⅲ버전까지 내놨지만 역시나 결과는 대참패…….

그래도 될 건 다 됐다. 어차피 사무적으로만 사용할 작정이었다. 나이는 현준보다 많았지만, 현재까진 고장 없이 잘 돌아가고 있었다.

"아주 컴퓨터랑 사랑에 빠지셨네."

학교를 끝마치고 경주가 돌아왔다. 병문안 가는 걸 제외하면 온종일 구식 컴퓨터 앞에 앉아만 있는 게 경주로서는 이해가 되지 않았다.

현준은 팔짱을 낀 채 말했다.

"경주야. 이분이 나보다 나이가 많으시다. 앞으로는 듀라함 선생님이라고 부르럼."

"……얼씨구?"

황당하다는 듯 콧방귀를 뀐 경주가 가방을 내려놓았다.

현준은 고개를 갸웃하며 물었다.

"오늘은 빨리 끝났네?"

평소보다 이른 시간이었다. 어디가 아파서 조퇴를 한 건 아닌 듯싶었다.

"응. 단축수업이었거든."

대답한 경주가 대뜸 교복을 벗고 평상복으로 갈아입기 시작했다. 경주는 며칠 전부터 현준이 적응됐는지 거리낌없이 행동하고 있었다.

현준은 몸을 돌렸다.

"가시나가 남자 앞에서 옷 홀러덩 벗고 그러는 거 아니다."

"오빠가 남자야?"

"남자잖아?"

최소한 여자는 아니었다.

그러자 경주가 피식 웃었다.

"오빠가 오빠지 왜 남자야."

현준은 턱을 쓸었다. 듣고 보니 맞는 말이었다.

"하여튼 간에."

"걱정하지 마셔."

이윽고 옷을 갈아입은 경주가 다시 문밖으로 발걸음을 옮겼다.

"어디가?"

"친구 집! 저녁 먼저 먹어!"

쾅!

거세게 문 닫히는 소리와 함께 경주가 자취를 감췄다.

"이래서 요즘 애들은."

어디선가 몇 번 들어본 대사를 읊은 뒤 현준은 컴퓨터 본체 옆에 놓인 사과 상자 쪽으로 손을 옮겼다.

상자 안에 수북이 쌓인 용지나 신문지의 한 부분들. 그중 몇 장을 꺼낸 현준도 외출 준비를 했다.

*　　　*　　　*

현상범을 잡겠다고 자료 수집을 하긴 했지만 실행단계에서의 계획 자체는 단순하기 그지없었다.

순서를 나열해 보자면…….

1. 현상수배범 몇몇이 자주 출몰되는 장소를 찾아가 잠복한다.

2. 기다린다. 현상수배범이 나타날 때까지. 눈을 부릅뜨고!

이게 다였다.

어린아이도 세울 수 있는 계획. 그러나 누군가의 도움도 얻기 어려운 처지에선 이게 최선의 수다. 다른 방법들은 모두 돈이 든다. 하루 식비마저 오천 원으로 제한한 현준에겐 굉장히 호사스러운 일이었다.

'반드시 여기 지나간다.'

현준에겐 확신이 있었다. 실제로 이곳에서 자주 목격된 바가 있는 현상범 중 하나였다.

무작정 기다릴 생각 또한 없었다. 목격된 시간은 점심부터 저녁 무렵. 정확히 그 시간만 기다리고 자리를 옮길 생각이었다.

현준은 생수 한 통과 핫바 하나를 갖춘 채 쓰레기통이라는 은폐물 옆에 숨어 F지구의 한 골목을 주시하기 시작했다.

땡그랑!

동전 한 닢이 바닥을 뒹굴었다.

"젊은 놈이 일은 안 하고. 세상 말세다, 말세야."

현준의 앞에 100원짜리 동전 하나를 떨어뜨린 건 나이 지긋한 할아버지였다.

"저기요……?"

현준이 막 뭐라고 입을 열 찰나 할아버지가 이어서 말했다.

"힘든 건 알지만 그럴수록 더 열심히 해야지. 언제까지 시궁창에 있으려고 그러는가?"

F지구는 시궁창이라 불렸다.

현준은 백 원을 주워서 건넸다.

"저, 거지 아닙니다."

"다 그렇게들 말하지. 에잉."

그러거나 말거나 할아버지는 그대로 몸을 돌려 골목을 떠나
갔다.

잠시 황당한 눈초리로 그 뒷모습을 바라보던 현준이 동전
하나를 꽉 쥐며 자리에서 일어났다.

"할아버지! 저 거지 아니에요."

"꼴에 자존심은……."

"가져가세요. 필요 없습니다."

"쯧쯧."

할아버지가 마지못해 자신이 준 백 원을 받았다. 고작 백 원
에 이러느냐 하겠으나 현준도 자존심이 있었다. 비록 지금은
가진 게 얼마 되지 않지만 누군가에게 동정을 사고 싶은 마음
은 터럭만큼도 없었다.

무너졌으면 일으켜 세우면 된다. 남에게 손을 벌리는 것은
정말 최후의 일이다. 자신의 마음이 완전히 접혔을 때 말이다.

혀를 찬 할아버지가 골목을 떠났다. 그제야 현준은 한숨을
내쉬었다.

'자리가 안 좋았군.'

엄폐물이 마땅치 않아 쓰레기통 옆에 있었을 뿐인데 이런
오해를 낳았다. 아무래도 자리를 옮기거나 새로운 엄폐물을
만들어야 할 것 같았다.

'시행착오지. 고칠 수 있는.'

대수롭지 않게 여긴 현준은 고개를 끄덕였다.

삼 일째.

슬슬 지쳐 가려는 찰나 현준은 모자를 쓰고 고개를 숙인, 거동이 수상한 남자를 발견했다. 그는 옷 안에 손을 넣은 채 주변을 경계하고 있었다.

큰 나무 상자 옆에 숨은 현준은 남자가 지나가기를 기다렸다. 얼굴을 확인하고 움직여도 늦지 않는다.

이어 남자가 도달했을 때, 슬쩍 엄폐물 옆을 빠져나와 남자와 부딪혔다.

"죄송합니다. 앞을 못 봤네요."

"괘, 괜찮습니다."

남자가 살짝 몸을 뒤척이는 순간 현준은 남자의 얼굴을 확인할 수 있었다.

'빙고!'

현준은 미소를 지으며 남자의 어깨를 붙잡았다.

"상습절도범 박상익 씨 맞습니까?"

"아, 아닌데요."

"얼굴 좀 들어보세요."

"왜, 왜 이러는 겁니까?"

"확인할 게 있어서 그럽니다."

현준이 비켜줄 기미가 보이지 않자 남자가 입술을 뜯어댔다. 이윽고 주머니에 손을 넣은 남자가 침을 꿀꺽 삼켰다.

'칼이구나.'

주머니 안에 있는 게 뭔지는 뻔했다.

현준의 미소가 더욱 짙어졌다.

주먹다짐으로 시작한 일의 첫 성과를 내기 직전이었다.

'빙고……!'

200만 원.

현상범에게 책정된 금액이다.

그중 22%를 제하니 현준의 손에 들어온 건 156만 원밖에 되지 않았다.

그래도 만족했다. 시작부터 많은 걸 바라선 될 일도 안 된다.

'이게 뭐지?'

경찰서를 나선 현준의 손에 작은 메모지 한 장이 쥐어져 있었다. 혹시 또 무언가를 훔쳤을까 싶어서 절도범을 뒤지다가 발견한 메모지인데, 절대로 빼앗기지 않으려 하는지라 무심코 가져왔다.

'꼭 지도같이 생겼네.'

손바닥만 한 메모지에는 작게 그림이 그려져 있었다. 자세히 보면 마치 지도와 같았다.

'설마 보물지도?'

현준은 하하. 하고 웃어버렸다.

자신에게 그런 행운이 또 오리란 생각은…….

들었다.

한 번 겪으면 두 번도 겪을 수 있다.

아침에 본 삼천만 원짜리 현상범과 마주칠 확률이 얼마나 되겠는가. 복권에 당첨되는 확률보다 적을 것이다.

'한 번…… 찾아볼까?'

오랜 시간을 들이지 않는 선에서 지도에 적힌 곳을 파악하고 찾아보면 괜찮겠다는 생각이 불현듯 들었다.

현준은 턱을 쓸었다.

고민은 오래도록 이어졌다.

집에 도착한 현준은 하루 종일 메모지를 붙잡고 씨름을 하였다.

메모지엔 각종 기호가 적혀 있었다. 암호문 같기도 했다. 엄청 대충 그려져 있어도 지도인 건 분명한데, 이런 식으로 표현돼 있는 것은 본 적이 없었다.

'대체 어딜까, 여긴.'

현준은 컴퓨터를 켰다. 지도를 검색하자 주변 일대의 모습이 화면을 통해 그려졌다. 모두 위성에서 찍힌 사진이었다.

컴퓨터 자체에 홀로그램을 재현하는 기능이 없어서 조잡하게만 느껴졌다.

의문은 더욱 강해졌다. 요즘 시대에 기호를 써가면서 지도를 만드는 곳은 없었다. 휴대전화로 자신의 위치를 발송하면 즉시 홀로그램이 뜨는데다가 가야 할 길까지 친절하게 알려주는 세상이었다.

뿐만인가. 주변 가게의 간판이나 거리만 찍어도 자신이 있는 곳을 알 수 있었다. 공부하는 교재조차 홀로그램을 이용하여 굳이 기호를 쓸 필요가 없었다.

현준은 재차 지도기호를 검색해 봤다.

'사라진 기호라……'

무려 103년 전에 지도기호가 완전히 사라졌다는 내용이 가장 상단에 떴다. 하지만 무슨무슨 기호가 있었던지는 나오는 게 별로 없었다.

그나마 소방서나 우체국 같은 공공기관의 표시들만 알 수 있었다.

현준은 미간을 주물렀다. 메모지에 적힌 기호 중에는 공공기관과 관련된 게 하나도 없었다.

'대체 이 그래프 같은 표시는 뭐야?'

해답은 의외로 가까운 곳에 있었다.

"밭과 묘지구나."

환자실 침대 위의 아버지가 침착하게 말했다. 병문안을 온 김에 혹시 몰라 물었는데 뜻밖에 대답이 나온 것이다.

현준은 눈을 가늘게 떴다.

"밭이랑…… 묘지요?"

이게 진짜 보물지도이고, 아버지의 말이 바르다면 그 사이에 묻혀 있는 게 된다. 찝찝함이 엄습했다.

아버지는 고개를 끄덕였다.

"그래, 그나저나 아직도 이런 기호를 사용하는 사람이 다 있구나."

"혹시 위치도 알 수 있을까요?"

잠시 고민한 아버지가 말했다.

"서울은 아닐 테고. 김해 쪽이 아닌가 싶다. 진짜 밭은 그쪽에나 조금 남았다고 들었으니⋯⋯."

"그렇군요."

"이건 어디서 난 게냐?"

"우연히 주웠습니다."

"현준아, 아마 별거 아닐 게다. 괜히 시간낭비 하지 말거라."

아버지는 현준이 지도를 따라 가리라는 것을 읽었다. 몇 년이나 떨어져 있었대도 과연 아버지는 아버지였다.

"에이, 제가 애예요? 걱정 마세요."

현준은 시치미를 뗐다.

'밭과 묘지. 김해!'

목표가 정해지는 순간이었다.

바로 김해를 찾진 않았다. 김해도 넓다. 찾으려면 한 세월이다. 더욱 범위를 좁힐 필요가 있었다.

현준은 일단 아침과 저녁까진 현상범을 잡는데 매달렸다. 현상금 사냥꾼이라는 불규칙한 일을 선택한 이상 꾸준히라도 할 수밖에 없었다.

대신 자투리 시간을 활용했다. 일과가 끝나고 30분은 인터넷을 이용해 김해를 뒤졌다.

그렇게 이주가량의 시간이 흐르고 현준은 현상범을 한 명 더 잡을 수 있었다.

'후! 인건비도 안 나오겠다.'

이번에는 100만 원짜리였다. 세금을 제하면 78만 원이다. 현상수배를 한 경찰들조차도 잊어버리고 있던 잡범 중의 잡범이었다.

그래서인지 녀석은 대낮에 당당히 돌아다니고 있었다. 잡는 일 자체는 어렵지 않았지만 2주간 밤낮을 지새우며 번 돈치곤 초라했다.

'세상에 범죄자가 판을 치는구나.'

A지구에 있을 땐 몰랐다. 내려와서 보니 범죄자 아닌 사람이 더 드물 것 같았다. 당장 현준의 머릿속에 저장된 범죄자만 하더라도 기백에 달했다. 활동범위가 모두 D지구나 F지구에 국한된 범죄자들만 추려서 그 정도였다.

전국적으로 따지면 몇이나 있는 걸까?

수천? 수만?

'진짜를 잡으려면 진짜 정보가 필요해.'

혼자는 한계가 명확했다. 인터넷을 뒤진다고 하더라도 그중 절반 이상이 별 영양가 없는 것들이었다. 겨우 건지는 정보는 열 개 중 하나가 될까 말까 하였다. 효율이 극악이었다.

경찰이 이용하는 데이터망을 볼 수 있다면 더할 나위 없을 테지만 지금으로선 불가능하다. 그 데이터망을 열람할 수 있는 경찰과 선이라도 있다면 가능성이 높아질 텐데 F등급 시민은 미개인처럼 대하는 게 그들이었다. 실제로 범인을 넘길 때면 어김없이 무시하는 느낌을 받곤 했다. 경찰은 범인과 함께 현준의 신상도 조회하는 탓이다.

"나 왔어!"

경주가 문을 열고 들어왔다.

현준은 상념을 접고 말했다.

"오늘도 빨리 끝났다?"

"내일까지 단축수업한대."

"요즘 학교 많이 좋아졌구나. 나 때만 하더라도……."

"오빠, 할아버지 같아."

현준은 볼을 붉적였다.

그러자 경주가 홀러덩 옷을 갈아입었다.

"나 나갔다 올게!"

현준이 엄중히 말했다.

"이 가시나가 매일 학교만 갔다 오면 어딜 나가?"

"친구 집!"

"친구 누구?"

"친한 친구! 저녁 먼저 먹어!"

쾅!

문이 닫혔다.

현준은 수상하기 그지없단 눈초리로 닫힌 문을 바라봤다.

'혹시 남자친구?'

친한 친구가 여자인지 남자인지는 알 수 없었다. 하지만, 뭐. 그럴 만한 때였다. 슬슬 이성에 관심도 생기고 꾸미고 할 나이인 것이다.

'짜아식. 다 컸네.'

현준의 입꼬리가 올라갔다. 코를 훌쩍거리면서 오빠랑 결혼한다 말한 게 엊그제 같은데 이제는 남자를 만날 나이가 다 되었다.

"그래도 갑자기 결혼한다고 찾아오면 곤란한데⋯⋯."

현준은 표정을 굳혔다.

웬 이상한 놈팡이가 찾아와서 '형님, 경주를 저에게 주십시오!' 하면 뭐라고 대답해야 할까.

"흠흠."

목을 다듬은 현준이 미리 선행연습을 해보았다.

"감사합니다. 잘 가져가십시오."

공손히 고개를 숙이는 것도 잊지 않았다.

말괄량이 데려가서 고생하겠다는 것을 말릴 이유가 없었다.

'조금 섭섭하긴 하겠지.'

피식 웃은 현준이 주머니에서 메모지를 꺼냈다.

'메모지 지도에 그려진 지형과 유사하고 넓은 밭과 묘지가 있는 곳은 김해에서도 세 곳뿐이야.'

추리고 추린 끝에 내린 결론이다.

서울에서 김해까지 대중교통을 이용하면 두 시간 정도가 걸린다. 지형만 살핀다 생각하면 저녁까지 충분히 돌아올 수 있을 것이었다.

현준은 한차례 기지개를 켰다.

"슬슬 가볼까?"

*　　　*　　　*

원래 모든 일이라는 게 첫술부터 배부를 수는 없었다. 처음으로 방문한 장소는 그려진 지도와 지형이 유사했지만 X표시가 되어 있는 곳 주변이 온통 허허벌판이었다. 보이는 것이라곤 잡초밖에 없었다. 이런 곳에 무언가를 숨기리란 생각은 전혀 들지 않았다.

어차피 오기 전에 확인한 바다. 지형이 유사하기에 후보에 포함했을 뿐이었다. 직접 확인했으니 미련은 없었다.

바로 장소를 옮겼다.

두 번째 장소는 꽤 그럴싸했다. 허허벌판인 건 마찬가지였지만 오두막집이 있었다. 오두막집은 오랫동안 사용되지 않은 것 같았다. 안으로 들어가 유심히 바닥을 만졌다. 물건을 숨기고자 지은 오두막이라면 바닥에 어떠한 장치가 되어 있을 게 분명했다.

"여기도 없군."

고작 5평 남짓한 오두막 바닥을 오랫동안 씨름하며 뒤질 필요는 없을 것이었다. 바닥은 평평하기 이를 데 없었다.

한숨을 내쉰 현준이 마지막 장소로 발을 옮겼다.

도착하니 하늘이 붉었다. 해가 거의 져가고 있었다.

'여기에도 없으면 곤란한데.'

너무 대충 뒤진 건가?

못 찾아도 상관없다고 여겼다. 순전히 호기심의 발로로 움직였을 따름이었다.

그래도 빈손으로 돌아가면 실망하긴 할 것 같았다.

어깨를 으쓱한 현준이 마지막 지점을 찾았다. 허허벌판도, 오두막도 없었다. 대신 얕은 호수가 있었다.

'해가 지기 전에 움직여야겠다.'

호수 안을 뒤지려거든 햇빛이 있어야 했다. 해가 저물면 호수 바닥을 보는 데 지장이 생긴다.

현준은 옷과 바지를 호수 근처에 내려다놓고 안으로 들어갔다. 첨벙! 하는 소리와 함께 물고기마냥 호수 안을 휘젓기 시작했다.

지도에 표시된 부분까지 가려면 호수 중앙에 다다라야 한다. 갈 길이 멀었다.

현준은 물길을 쓸며 반사되는 빛을 이용해 호수 아래를 눈여겨보았다.

각종 물건이나 잔해들이 바닥에 파묻혀 있었다. 분위기가 스산하다. 사람 뼈가 있어도 이상하지 않을 것 같았다.

'이런 곳에 보물이 있으려나?'

반신반의였다.

'호수에 돈다발이 묻혀 있진 않겠고⋯⋯.'

일단 그 가능성은 저만치 미뤄뒀다.

현준은 숨 한번 내쉬지 않고 호수 중심에 다다랐다.

중심은 꽤 깊었다.

아래로 내려갔다. 능력을 얻고 나서 성준의 신체는 비약적으로 진화했다. 힘이 강해진 건 물론이거니와 이처럼 숨을 오랫동안 참을 수도 있었다. 어두운 곳에서도 상당히 밝게 보는 것이 가능했다.

'저건?'

수많은 잔해 사이에서 반짝이는 무언가가 있었다. 현준은 손을 옮겨 반짝이는 무언가를 잡아 올렸다.

'……무겁다!'

현준마저 무겁다 생각할 무게였다. 크기는 고작 주먹만 해선 이만한 무게를 가진다는 게 상식적으로 이해가 되지 않았다. 물 안인 걸 감안하면 족히 50㎏은 나갈 것 같았다.

"어푸!"

물건을 짚고 바깥으로 나온 현준이 공기를 마셨다. 이후 꺼낸 물건을 들었다.

'큐브잖아?'

정육면체의 은색 큐브였다.

혹시 이걸까? 지도상에 표시된 물건이.

주변을 뒤져 봤지만 이렇다 할 것은 보이지 않았다.

호수를 나와 지상으로 돌아온 현준이 반쯤 뻗었다.

'보물이 나오리란 생각 자체가 욕심이긴 했지.'

보물지도와 비슷해 보이는 걸 발견하고 흥분한 게 사실이었다. 오랜만에 동심으로 돌아간 기분이었다. 나름 즐겼으니 되었다.

아무리 봐도 큐브가 보물일 것이라는 생각은 들지 않았다. 그렇다고 빈손으로 돌아갈 수 없는 노릇이었다.

'장식품으로 쓰면 되겠네.'

30분가량을 쉰 현준은 자리에서 일어나 주섬주섬 옷을 갈아입었다.

*   *   *

집으로 돌아온 현준이 문을 열었다.

안은 깜깜했다. 인기척도 없었다.

'무슨 바쁜 일 있으신가?'

요즘 들어 어머니와 동생 모두 집에 오는 시간이 늦어지고 있었다.

고개를 갸웃한 현준은 들어와 불을 켜고 대충 바닥에 누웠다.

"흠."

그 상태로 큐브를 요리조리 살펴보았다.

묵직하다는 걸 제외하면 이렇다 할 특색 없는, 은색 정육면체였다. 현준은 정육면체의 이곳저곳을 눌러보기 시작했다.

지잉—.

"응?"

갑자기 큐브가 붉은빛을 내뿜었다.

붉은빛은 주변을 돌아 컴퓨터를 가리켰다.

찌이익. 쩌어억.

"어어?"

큐브가 열리며 다리 같은 게 나타났다. 놀란 현준이 큐브를 손에서 놓았다. 거미와 비슷한 형태가 된 큐브가 움직이더니 컴퓨터의 본체 위에 올라탔다. 곧이어 큐브가 컴퓨터와 연결되었다.

지이이잉.

본체에 제멋대로 전원이 들어왔다.

이어 모니터에 불이 켜졌다.

「무례한 사용자. 감히 나를 이런 구식 컴퓨터에 밀어 넣어? 천벌 받을 지어다!」

모니터에 검은색 글자가 떠올랐다.

현준은 어안이 벙벙해 저도 모르게 입을 열었다.

"이건 또 뭐야?"

「초인공지능 '메시아 No.3', 바로 이 몸이로소이다. 경배할 지어다!」

제5장

세상 참......

초인공지능 메시아?

현준은 눈을 게슴츠레하게 떴다.

"혹시 버그인가?"

인터넷 자체에서 돌아다니는 바이러스는 양자컴퓨터가 본격적으로 상용화되고 거의 멸종되었다. 따로 백신을 깔지 않아도 컴퓨터 자체에서 바이러스를 골라내 격리, 삭제했다. 초당 10조 회 이상의 연산을 하며 사용자가 허락한 프로그램이 아닐 경우 네트워크를 통해 몰래 들어올 수조차 없었다.

동의하여 설치하는 항목 또한 인터넷 데이터를 검색해 유사한 프로그램 목록을 보고 유해한지 아닌지 자동적으로 판별한다. 그래서 요즘의 바이러스는 외부에서 직접 컴퓨터에 주입이 되는 식이었다.

버그(Bug)라 불리며 이름처럼 아주 작은 곤충의 모습을 하는 게 일반적이다. 사람이 눈치채지 못하는 사이에 컴퓨터에 달라붙어 정보를 빼내 가거나 망가뜨리는 역할을 하였다. 저런 거미와 같은 형상을 지닌 버그가 있다는 말은 들어본 적이 없지만 하는 행태를 보면 비슷한 것이리라 짐작이 되었다.

현준의 표정이 자연스럽게 찌푸려졌다. 구식 컴퓨터라 버그에는 특히 취약할 것이다. 손을 들어 떼어내려 하자 초인공지능 메시아가 화면에 다른 글자를 띄웠다.

「무엇한지고. 나를 그따위 것과 비교하다니? 정녕 사용자는 지옥 불에 떨어지고 싶은 모양이구나.」

"버그가 아니면 뭐야?"

「초인공지능, '메시아 No.3'. 바로 이 몸이로소이다.」

같은 말의 반복이었다.

현준은 잠시 손을 멈췄다.

버그는 인공지능이 없다. 조종하는 사람의 명령을 따를 뿐이다. 이와 같이 자신을 피력하는 버그는 들어본 적이 없었다.

"그러니까, 버그가 아니다?"

「그렇다.」

"그럼 뭔데?"

「초인공지능이다.」

"아니, 하는 역할 말이야."

「사용자를 서포트하는 게 내 주된 임무다. 하지만 이런 똥 덩어리보다 못한 컴퓨터론 제대로 된 서포트할 수 없다.」

"너 지금 듀라함 선생님을 똥 덩어리라고 표현한 거니?"

현준은 아주 진지한 어조로 말했다. 듀라함―Ⅲ는 30년도 더 전에 단종된 컴퓨터로서 현준보다 나이가 많았다. 여태껏 듀라함을 이용해 범죄자의 정보를 파악할 수 있었다. 현준에게 있어선 무엇보다 소중한 보물인 셈이다.

그럼에도 메시아는 반복하여 주장했다.

「듀라함, 이놈은 똥 덩어리다! 암적인 존재다! 이 정도 성능이면 내 본신 능력에 1%도 발휘할 수 없다. 사용자는 거지인가? 요즘 같은 세상에 이딴 컴퓨터를 사용하고 있다니. 믿을 수 없도다.」

초인공지능이라는 걸 인정해야 할 듯싶었다. 인공지능이라 이름 붙은 어느 프로그램들도 사용자의 속을 살살 긁진 않았다. 죄다 사용자에게 맞게끔 설계되어 있었다.

현준은 끓는 분노를 가라앉히며 최대한 침착하게 말했다.

"됐고. 내가 그 사용자인가 뭔가라는 거지?"

「너는 내게 걸린 락(Lock)을 풀어냈으니 애석하게도 내 사용자가 맞느니라.」

현준은 고개를 갸웃했다.

"락? 난 그런 거 푼 적 없는데."

「내가 큐브의 모양을 하고 있을 때, 사용자는 순서에 맞춰 나를 누르지 않았는가?」

"그야 누르긴 했다만……."

「반응을 보아하니 마구잡이로 누르다가 맞았다는 느낌이로 군.」

"돗자리 깔아도 되겠다, 너."

현준은 메시아를 조금은 신기한 눈초리로 바라봤다. 인공지 능의 또 다른 공통점은 '느낌'처럼 손에 잡히지 않는 표현을 사용하지 않는다는 것이었다. 정말 초인공지능인 건가? 아니 면 그런 식으로 설계가 되어 있는 걸까.

「말도 안 된다. 인간이 아무런 장비 없이 470184984576분의 1 확률을 뚫는다는 건 불가능하다.」

대충 4700억 분의 1 확률이었다. 그걸 우연이나마 해냈다는 건 사실상 불가능했다. 현준은 큐브를 누를 당시를 떠올렸다.

"손가락 끝에 조금 짜릿한 감각이 있긴 했지."

짜릿한 감각이 강한 순서로 누른 기억밖에 없었다.

「그렇다면 가능한 경로는 두 가지다. 우연히 맞춘 경우와 내 가 흘리는 미약한 전자파를 탐지한 경우. 아무래도 후자인 것 같군. 전자파는 특정 장비로밖에 알아낼 수 없는 것일진대, 사 용자는 혹시 짐승인가?」

현준은 어깨를 으쓱했다. 우주에서 돌을 만지고 평범한 사 람과는 궤를 달리하는 신체가 되어버렸다. 짐승 이상의 감각 을 가지게 되었다. 전자파를 읽은 건 그에 따른 부수적인 효과 일지도 모른다.

「어쨌든 사용자는 내게 걸린 락을 풀어냈다. 나 메시아는 처 음 걸린 계약에 따라 그대를 내 사용자로 임명하노라.」

"필요 없어."

「뭐라?」

"다른 사람 알아봐. 딱히 네 도움이 필요하다곤 생각하지 않으니까."

버그가 아닌 걸 알아냈으니 되었다. 초인공지능인지 뭔지는 모르겠지만 관계되면 피곤할 거 같다는 생각이 강하게 들었다. 게다가 현준은 다른 이의 도움 없이도 척척 잘 해나가고 있었다. 지금 와서 난데없이 나타난 정체모를 녀석에게 도움을 받을 필요는 없었다.

「이 몸은 대단하니라. 내 서포트를 받으면 사용자의 삶의 질이 향상될 것은 자명한 사실이다.」

"말로만 하는 걸 내가 어떻게 믿어? 그런 식이면 나는 대통령이다, 녀석아. 자신이 쓸 만하다는 걸 증명을 해보시든지."

초인공지능이든 뭐든 간에, 요는 도움이 되느냐 마느냐였다.

「좋다. 나는 사용자가 말하지 않아도 사용자가 바라는 걸 알아낼 수 있는 초인공지능이다. 보아하니 사용자는 가슴이 크고 엉덩이가 잘록한 금발의 서양 여자를 좋아하는군. 전철, 화장실과 같은 특정한 장소에 더욱 흥분하는 성향을 가졌다. 인터넷에 존재하는 1,367,441개의 영상 중 내가 선별한 20개의 파일을 다운로드해 주마.」

"고, 고맙긴 한데, 딱히 내가 바라는 건 아니거든?"

「이 몸이 틀렸다고? 사용자가 이 똥 덩어리를 이용해 가장 많은 시간을 할애한 게 바로 그것이었다. 실제로 이 똥 덩어리의 가장 많은 부분을 차지하고 있는 것 역시 그것과 관련된 영상이 아니더냐. 거짓말을 하면 천벌 받느니라.」

현준은 뜨끔했으나 굴하진 않았다.

하지만, 이 정도는 웬만한 프로그램도 해낼 수 있는 범위였다.

정말 도움이 될 만한 부분이 무엇이고, 어떤 식으로 서포트해 줄 것인지가 중요했다.

"……그런 건 됐어. 다른 건?"

「아주 많은 범죄자를 찾고 있군. 내가 마음먹기에 따라서 이들의 발자취를 쫓는 건 일도 아니니라.」

현준은 눈을 동그랗게 떴다.

"뭐?"

「지금부터 경찰들이 이용하는 서버를 잠시 빌리도록 하겠다. 10초만 기다리거라.」

정신이 번쩍 들었다. 오매불망 경찰들의 조력을 얻고 싶어 했지만 수포로 돌아갔다. 그런데 지금 메시아가 경찰이 이용하는 서버를 해킹한다고 했다.

정확히 10초를 기다리자 컴퓨터 화면이 바뀌었다. 창 하나가 떴고, 그곳엔 범죄자들의 사진과 최근 행적, 신상 같은 것들이 상세하게 적혀 있었다.

"허……."

「애석하게도 지금 이 똥 덩어리로는 이 정도가 한계로다. 더

욱 급이 높은 정보를 알고 싶다면 당장 이놈을 가져다가 버리
는 게 좋을 것이다.」

"듀라함 선생님을 버릴 순 없어!"

크게 외치긴 했지만, 현준의 시선은 화면에 고정되어 있었
다.

믿기지가 않았다. 족히 천 명에 달하는 현상범의 데이터가
주르륵 나열되어 있었다.

이것만 있으면 현상범을 잡는 일이 훨씬 수월해질 것이었
다. 시간의 효율을 극대화시킬 수 있었다.

현준은 침을 꿀꺽 삼켰다. 설령 초인공지능이 아니라도 좋
다. 말투가 오만하기 이를 데 없으며 속을 달달 볶아댈 기미가
보이지만 현상범들의 발자취를 알아낼 수 있다면 충분히 감수
할 수 있었다.

그냥 장식품으로나 사용하려 한 것이 정말 보물이었던 것이
다.

단번에 인식이 바뀌었다.

「이래도 내가 필요 없느냐?」

"필요합니다."

현준은 즉답했다.

그리고 덧붙였다.

"진작 못 알아 봬서 죄송합니다, 메시아 선생님."

두 명의 선생님이 생기는 순간이었다.

현준은 시간 가는 것도 잊고 메시아와 대화를 나눴다. 어머니와 경주가 돌아오고 나서야 대화가 끝났다.

상당히 늦은 시간이었다. 현준은 의아해하며 물었다.

"웬일로 둘이 같이 왔어요?"

어머니가 웃으면서 말했다.

"이 앞에서 만났어."

"이렇게 늦은 시간에요?"

"친구 집에서 놀다가 마지막 버스를 놓쳤단다. D지구에서 걸어왔다니까 별수 없지."

현준은 경주를 쳐다보았다. 그러자 경주가 고개를 획 돌렸다.

"밥 먹었니?"

"아뇨."

"그럼 밥 먹자."

현준은 고개를 저으며 말했다.

"제가 차릴게요. 쉬고 계세요."

어머니가 눈을 빛냈다. 그녀도 여태껏 일을 하느라 피로가 누적되어 있었다.

"그래도 될까?"

"되고말고요."

현준이 흔쾌히 허락하자 그녀는 이불 위에 몸을 맡겼다. 경주는 씻겠다며 화장실로 들어갔다. 본래는 저녁에도 공동화장실을 사용했지만, 현준이 위험하다며 결사반대를 외친 끝에 집 화장실을 이용하자고 합의를 본 것이었다.

지글지글 된장국이 끓었다. 절로 군침을 삼키게 만드는 구수한 냄새였다.

밥상을 전부 차린 다음 현준은 잠이 든 어머니를 깨웠다.

"어머니, 밥은 드시고 주무세요."

그녀가 눈을 비비며 자리에서 일어났다.

"……응? 벌써 다 됐니?"

"예."

자리에서 일어난 어머니가 주방 식탁으로 향했다. 잠옷으로 갈아입은 경주도 반대편에 마주앉았다.

"냄새가 좋구나. 요리사 해도 되겠는걸."

"하하. 별거 아니에요."

된장국을 한 입 머금은 경주가 엄지손가락을 펼쳤다.

"오빠, 진짜 요리 하나는 잘하는 거 같아. 나중에 사랑받는 색시가 될 수 있을 거야."

"색시는 무슨."

현준은 피식 웃고 말았다. 이 자리에 아버지가 있으면 더욱 좋을 테지만 지금 아버지는 환자실에서 회복 중이었다. 그래도 분위기는 화기애애하기 그지없었다.

"그런데 오빠. 컴퓨터 위에 저건 뭐야?"

밥을 먹던 경주가 컴퓨터 본체 쪽을 가리켰다. 그 위에는 메시아가 여전히 거미와 같은 형태로 얹혀 있었다.

현준은 경건하기 그지없는 말투로 말했다.

"초인공지능 메시아 선생님이셔."

"메시아 선생님?"

"밥 먹고 꼭 인사드리렴. 아주 대단하신 분이야."

경주는 굉장히 안쓰럽고 걱정스럽다는 표정을 지으며 말했다.

"……오빠, 혹시 머리 다쳤어?"

메시아로 말미암아 알아낸 정보는 유용하기 그지없었다. 현상범의 최근 행적과 그의 주변 신상까지 적혀 있어 잡고자 한다면 별반 힘 들이지 않고도 잡을 수 있을 것 같았다.

현상범에게 걸린 현상금은 대부분이 백만 원에서 오백만 원선이었다. 더욱 급이 높은 정보를 알고 싶다면 듀라함의 성능을 향상시키거나 버리고 새로운 컴퓨터를 구입해야 했다.

현준은 성능의 상향을 꾀했다. 성능 좋은 양자컴퓨터를 사려면 가격이 만만치 않다. 지금 가진 돈으로는 어림도 없었다.

그러나 30년 전에 단종된 기기의 부품을 찾는 것 역시 어렵긴 마찬가지다. 하는 수 없다는 듯 메시아가 '이런 똥 덩어리 같은'이라 한마디 한 후 직접 부품을 찾아냈다. 광활한 정보의 바다에선 정말 없는 게 없는 것 같았다.

「이것도 같이 결제하여라.」

듀라함의 부품을 주문하려 하자 메시아는 추가로 몇 가지 구입 품목을 화면에 띄웠다.

"유리섬유, 탄소복합재료, 알루미늄, MLT…… 비싸!"

구입 목록의 아래에 적힌 가격을 보고 현준은 소리쳤다. 듀라함의 부품은 모두 사들이는 데 100만 원이 조금 넘게 들었다. 이마저도 피눈물을 흘리며 구입한 것이다. 하지만 사라하며 보여준 구입 목록의 총가는 오천만 원을 훌쩍 넘겼다.

메시아는 실망 가득한 메시지를 화면에 띄웠다.

「이 정도도 못 산단 말인가?」

사람은 적응의 동물이다. 불과 며칠 사이 현준은 메시아에게서 적응하고 있었다.

"돈이 없는 걸 어떡해?"

「사용자여. 돈을 벌고 싶은 건가.」

"무슨 획기적인 방법이라도 있어?"

「방법은 많다. 하지만 그에 따른 위험은 사용자 본인이 부담해야 한다. 초인공지능 메시아 No.3라 이름 붙여진 나지만 언제나 완벽할 순 없기 때문이다. 옥의 티가 존재하기에 감히 초인공지능일 수 있는 것이다.」

변명이 길다.

현준은 혀를 찼다.

"됐다, 됐어. 그보다 대체 어디다가 쓰려고 이런 비싼 것들을 사는 거야?

「소형위성을 만들 생각이었노라.」

"그런 것도 만들 수 있어?"

「나는 초인공지능 메시아다. 내게 불가능한 것은 없도다.」

현준은 피식 웃었다.

"방금 전엔 언제나 완벽할 순 없다며? 그리고 소형위성은 만들어서 뭐하게?"

「사용자와 사용자의 가족을 보호하기 위함이다.」

현준은 고개를 갸웃했다. 보호받을 위험한 일에 놓이게 되리란 생각은 해본 적이 없었다.

「사용자는 하나만 알고 둘은 모르는 것 같군. 현상범을 잡으면 그들의 원한은 사용자에게 향할 수밖에 없노라. 그 밖에도 만들어놓으면 쓰임새가 무궁무진하다.」

아! 현준은 고개를 끄덕였다.

맞다. 너무 앞만 생각했다. 잡힌 현상범들이 백 년이고 천 년이고 잡혀 있을 리 없는 것이다. 그들이 출소하면 그 원한은 그들을 때려잡은 현준에게 향하는 것이 자연스럽다. 보복살인과 같은 일이 일어나지 말라고 장담할 수 없었다.

어쩌면 현상범의 주변 지인이 일을 벌일 수도 있는 것이다. 그만큼 현상금 사냥꾼이란 직업은 위험천만하기 그지없었다.

'조금 더 신중하게 생각해야겠구나.'

메시아가 말해주지 않았다면 당하고 나서야 생각했을 일이다. 하지만 그러면 이미 늦다. 그런 일이 벌어지기 전에 미리 방책을 세워두는 게 현명했다.

"뭐…… 일단 돈을 벌어야 사는 거지. 지금으로선 턱도 없어."

무려 오천만 원이나 되는 거금이다. 소형위성이 만들어지는 건 아직은 훗날의 이야기다.

"어쨌든 고마워, 메시아 선생님."

「우매한 사용자를 서포트하는 게 나의 역할이노라.」

"그 말투만 좀 바꾸면 굉장히 사랑스러울 텐데."

피식 웃은 현준은 화면에 다시 현상범의 정보를 띄워놓았다.

그리고 잡을 현상범의 리스트를 작성했다.

헷갈리지 않도록 그들의 정보를 머릿속에 차곡차곡 쌓아갔다. 지금 기억하는 모든 것이 돈이었다.

현준의 입가에 지어진 미소는 리스트를 작성하는 내내 떠날 줄을 몰랐다.

*　　　*　　　*

현준은 F지구에서 C지구로 향했다. C지구는 공공기관이나 상점들이 즐비한, 말하자면 번화가였다. C지구까지는 등급에 상관없이 오갈 수 있기에 현준도 거리낌없이 발을 들였다.

당연하게도 C지구는 서울에서 가장 사람이 많은 곳이었다. 범죄가 집중되는 장소이기도 했다. 현준은 인파에 묻혀 잡을 현상범의 정보를 떠올렸다.

'이름 권철순, 나이 서른셋, 키 182, 몸무게 88, 죄목은 상습 소매치기…… 주로 C지구의 백화점 근처에서 범행을 벌인다. 범행 전에 꼭 헬멧이나 가발을 씀.'

여기까진 수배지보다 조금 더 상세한 수준이었다.

'놈은 1주일에 한차례 반드시 범행을 저지르지. 그것도 대부분이 점심시간이야. 이번 주는 이제 고작 이틀 남았고, 오늘이나 내일 범죄를 저지를 가능성이 매우 크다. 주 타깃은 화려한 옷을 입은 나이 많은 여자.'

현준은 턱을 쓸었다.

모두 경찰의 데이터망에 남아 있던 내용이었다.

현상범이 언제 일을 벌이고 누구를 노리는지만 안다면 나머지는 어렵지 않았다.

하나 문제는 주변 인파가 많아도 너무 많다는 점이었다.

인파를 뚫고 백화점에 당도한 현준은 혀를 찰 수밖에 없었다. 이건 숫제 개미 떼를 연상케 했다.

'어마어마하네. 토요일이라서 그런가?'

빽빽하게 들어선 사람들 사이에서 현상범을 찾아낼 수 있을지 자신이 없었다. 화려한 옷을 입은 나이 많은 여성이 한둘이 아니었다.

그래도 타깃이 될 여성을 찾는 것보다 현상범을 찾는 게 더 빠를 것 같았다. 현준은 거동이 수상하며 가발이나 헬멧을 쓴 키 큰 남자가 있는지 주변을 살폈다.

"F지구의 거지새끼가 어딜 들락거려? 썩 꺼져!"

쿠당탕!

백화점 인근의 가게를 지나고 있을 무렵이었다. 생활용품을 파는 작은 가게의 주인이 어린 남자애를 내동댕이치며 욕설을 내뱉고 폭력을 휘두르고 있었다.

남자애는 이제 고작해야 열한두 살로밖에 보이지 않았다. 하지만 때가 타고 곳곳이 찢어진 옷을 입고 있어서 굳이 확인하지 않아도 F지구의 사람임이 틀림없어 보였다.

"도, 돈 내고 사려고 했어요."

반쯤 쓰러진 남자아이가 항변해 봤지만 가게 주인은 콧방귀를 뀌며 발길질을 했다.

퍽! 퍼억!

"어린 게 거짓말만 배워서! 네가 물건 훔치려고 한 걸 내가 모를 줄 알아? 거지새끼! 하여간 너 같은 놈들은 맞아 죽어야 해!"

수위가 강한 발언이었다. 폭력도 무차별하기 그지없었다. 하지만 주변에서 말리려는 사람은 한 명도 없었다. 도리어 많은 이가 고소하다는 듯 입가를 가리고 웃었다.

"F지구래."

"어쩐지 냄새가 나더라니. 저 가게는 한동안 가지 말아야겠네."

"멀리 돌아서 가자."

현준은 이 상황이 너무나도 당연하게 받아들여지는 주변 반응을 보고서 잠시 넋을 잃었다. 경찰서에서 몇 차례 느끼긴 했지만 이 정도로 F지구의 사람들에 대한 차별이 심할 줄이야.

그야 차별이 존재한다는 걸 알고는 있었다. 그래도 사람이 저렇게 개처럼 맞는데 그걸 보는 사람들의 눈빛들이 너무나 냉혹했다.

A지구에 있을 당시에는 C지구까지 내려올 일이 없어서 알 수 없었다. 실제로 A나 B지구 사람들은 각자 생활구역에서만 움직이는 편이었다. 굳이 C지구까지 내려오려는 이는 없다시피 하였다.

'이러고 있을 때가 아니야.'

이대로 가다간 남자아이가 맞아 죽어도 이상하지 않았다. 이내 정신을 차린 현준은 가게 주인을 막아섰다.

"그만하시죠."

뒤에서 가게 주인의 어깨를 붙잡자 발길질을 멈춘 그가 현준을 바라봤다.

"넌 또 뭐야?"

"애 상대로 심한 거 아닙니까?

"관계자인가?'

"관계자든 아니든 그게 무슨 상관이에요? 지금 아저씨가 하는 행동이 반인륜적이라 막아선 것뿐입니다."

"이놈은 내 가게의 물건을 훔치려고 했어."

"듣자 하니 실제로 훔친 건 아니잖아요?"

"가만히 보고만 있었으면 틀림없이 훔쳤을 거라고!'

현준은 인상을 찌푸렸다. 이어 가게 주인을 무시하고 쓰러진 아이에게 다가갔다.

"괜찮니? 아휴, 피 좀 봐. 일어설 수 있겠어?"

현준은 아이를 부축했다. 아이가 비몽사몽한 눈빛으로 어렵사리 말했다.

"예…… 예. 죄송합니다."

"네가 죄송할 게 뭐있어. 아니면 정말 훔치려고 한 거야?"

"도, 돈 내고 사려고 그랬어요. 여기 보면 돈 있는데……."

아이가 주머니를 가리켰다. 주머니 안에는 구깃구깃 접힌 지폐 몇 장이 들어 있었다.

현준은 가게 주인을 노려봤다.

"돈 내고 사려 했다 하지 않습니까?"

"그걸 어떻게 믿어? 돈만 있다 뿐이지 계산 안 하고 가져갈 수도 있는 거 아닌가? 아니면 걸린 다음에 돈을 내려 했겠지."

"잠깐, 그따위 억측만으로 애를 이 지경으로 만든 겁니까?"

"진짜 관계자야, 뭐야?"

현준은 눈을 감았다. 말이 통하지 않았다.

이윽고 눈을 뜬 현준이 사납게 가게 주인에게 시선을 주었다.

"그래요. 관계자입니다. 저도 이 아이처럼 때릴 겁니까?"

가게 주인은 시선을 피했다. 현준의 눈을 마주 보고 있을 수가 없었다. 보는 순간 전신이 오그라들었다.

현준은 더욱 사납게 눈을 빛내며 말했다.

"그따위로 살지 마십시오. 주는 대로 받는 법이라고 했습니다. 언제가 분명히 천벌 받을 겁니다."

"내가 원……."

"말하려면 똑바로 합시다. 제 눈을 보고."

"……."

가게 주인이 똥 씹은 표정을 지었다. 그러나 꿀 먹은 벙어리마냥 한 마디도 내뱉지 못했다.

"우선 병원부터가자. 사람들이 죄다 미쳤나 보다. 어떻게 한 명도 안 말릴 수가 있니?"

뒤에 말은 일부러 크게 했다. 지켜보기만 한 주변 사람이 전부 들을 수 있도록 말이다.

"저, 저는 괜찮아요. 병원비도 비싸고⋯⋯."

"걱정하지 마. 그보다 너는 자기 걱정이나 하렴."

현준은 자세를 낮췄다. 등에 업히라는 뜻이다.

"자."

"저, 정말 괜찮은데."

"어서."

남자아이가 힘겹게 현준의 등에 올라탔다. 현준은 가게 주인과 주변인들을 한차례 더 노려보고 발길을 옮겼다.

현준의 등에 얼굴을 파묻은 아이가 곧 울음을 쏟아냈다. 소리는 내지 않았지만 금세 등이 젖었다.

"녀석아, 크게 울어. F지구에 사는 게 죄는 아니잖아. 같은 사람을 차별하는 이들이 잘못된 거지!"

"흐흑⋯⋯."

조금 목을 트는 게 전부였다. 현준은 고개를 절레절레 저었다.

'세상 참.'

위에 있을 땐 알 수 없었다. 관심도 없었다.

아래에 내려오고 나서야 문제점들이 보이기 시작했다.

현준은 빠르게 걸었다. 그렇게 백화점 앞을 지날 때였다.

"오늘 백화점 전 품목 30% 세일을 놓치지 마세요!"

행사도우미로 보이는 여자들이 배꼽을 훤히 들어 내놓고 춤을 추는 중이었다.

'어?'

한데, 그중에 어쩐지 눈에 익은 이가 있었다.

화장을 진하게 하긴 했지만 착각할 리가 없었다.

마침 그 여인도 현준을 바라봤다. 둘의 눈이 마주쳤다. 동시에 여인의 눈이 커졌다.

현준은 당황한 음성으로 말했다.

"경주?"

현준은 남자아이를 병원에 데려다주고 상처 난 부위를 소독했다. 피가 흐르긴 했지만 다행히 상처가 크지 않아서 잘못된 곳은 없는 듯싶었다.

소독이 끝난 즉시 남자아이를 집으로 귀가시켰다. 이후 현준은 백화점을 찾았다. 눈이 마주치고 지나갔지만 잘못 본 게 아니라면 그 여인은 틀림없이 자신의 여동생인 경주였다. 그러나 일이 끝났는지 행사도우미들은 어디에도 보이지 않았다.

대신 백화점 관계자를 통해 명함 한 장을 건네받을 수 있었다. 확인하지는 않았다. 경주의 입으로 직접 듣기 위함이었다.

집으로 돌아온 현준은 문 앞에서 경주를 기다렸다. 집 앞을 서성이는 현준의 머릿속이 복잡했다.

'경주가 왜?'

어째서 아르바이트 같은 걸 하는 걸까.

그 심정이 예상되지 않는 것은 아니었다.

아마 집안사정 때문일 것이다.

아버지도 최소 두 달은 일을 할 수 없는데다가 어머니의 수
익만으로는 경주 하나 먹여 살리는 것도 벅차다. 현준 역시 현
상금 사냥꾼을 자처했지만 아직 본궤도에 오르지 못한 상태였
다.

'그래도 이건 아니야.'

하지만, 경주는 학업에 열중할 나이였다.

게다가…… C지구의 가게들은 노동을 착취하려는 게 아닌
이상 어지간해선 F지구 사람들을 고용하지 않는다. 현준도 겪
어봤기에 장담할 수 있었다. 틀림없이 등급을 속이고 고용되
었을 것이다.

만에 하나 F지구 사람이란 게 밝혀진다면 무슨 일이 벌어질
지 알 수 없었다.

어리고 나약한 아이마저 학대할 정도건만, 심지어 그게 당
연하게 받아들여지고 있는 현실이건만, 고등학생인 경주는 안
봐도 뻔했다.

시간이 지나 해가 저물고 저녁이 되어서야 경주가 돌아왔
다. 경주는 집 앞에서 서성이는 현준을 보곤 발걸음을 멈춰 세
웠다. 그리곤 굉장히 놀란 눈초리로 현준을 바라봤다.

"오빠, 거기서 뭐해······?"

"너 기다리고 있었다."

현준은 표정을 굳히며 이어서 말했다.

"일단 들어가자."

집 안에 들어온 경주는 현준의 눈치를 살폈다. 평소와 같은
집이건만 가시방석에 앉은 기분이었다.

"그만둬라"

주방 식탁 옆에 선 현준이 단도직입적으로 말했다. 이런 일
을 굳이 빙빙 돌릴 필요는 없었다.

경주는 당황한 듯이 입을 열었다.

"뭐, 뭘?"

"행사도우미."

"무슨 소리야?"

현준은 한숨을 내쉬었다. 시치미를 떼겠다는 소리다.

하는 수 없이 주머니 안에서 명함 한 장을 꺼냈다. 백화점
관계자에게 받은 '러블리 에이전시'라 적혀 있는 명함이었다.
에이전시의 전화번호와 위치 등이 적혀 있었다.

명함을 확인한 경주의 눈이 더욱 커졌다. 그에 아랑곳 않고
현준은 전화기 앞에 다가가 갔다. 동그란 원 모양의 판 위로
다이얼이 포함된 홀로그램이 떠올랐다. 현준은 명함에 적힌
번호를 누르기 시작했다.

몇 번의 착신이 가고 상대가 전화를 받았다. 현준은 얇은 선

을 귀 옆에 연결한 뒤 말했다.

"거기 러블리 에이전시 맞습니까?"

"오, 오빠!"

뚝!

경주가 급하게 전화를 끊었다.

현준의 눈썹이 꿈틀거렸다. 명백히 화가 난 인상이었다. 경주는 고개를 푹 숙였다.

"거짓말해서 미안해. 나 사실 거기서 알바해."

현준은 그런 경주를 한참이나 쳐다보다가 말했다.

"오늘부터 나가지 마라. 뒤처리는 내가 다 해줄 테니까."

"오빠, 나도 집에 도움이 되고 싶어."

경주의 목소리는 간절했다. 그러나 현준은 경주에게 일을 시킬 생각이 전혀 없었다.

"진짜 도움이 되고 싶으면 학업에 집중해."

"그러다가 누구 한 명 큰일이라도 생기면?"

"그렇게 안 되도록 내가 노력할 거야."

"오빠한테 큰일 생기면?"

"절대 그럴 일 없다."

현준은 단언했다.

능력을 얻고 비약적으로 강해진 신체다. 병에 걸리거나 사고가 날 가능성은 굉장히 희박했다.

"오빠가 뭐하는지 알고 있어. 범죄자들 쫓고 있는 거지? 그 거 엄청 위험한 일이잖아. 언제 무슨 일이 생겨도 이상하지 않잖아."

"너……."

놀라긴 했다. 아무에게도 말하지 않았기 때문이다.

하지만 가만히 생각해 보면 알아채도 이상할 건 없었다. 최대한 안 보이는 곳에 현상범들의 정보가 담긴 상자를 두긴 했지만 그걸 보았다면 현준이 앞으로 무엇을 하려 하는지 누구라도 예측할 수 있었을 것이었다.

"오빠, 그냥 넘어가 줘. 응?"

"안 돼."

그러나 동생인 경주와는 경우가 달랐다. 현준은 스스로를 지킬 자신이 있었다. 웬만한 개조자조차도 현준을 이길 수 없었다.

물론 아버지가 다치고 현준이 위험한 일에 뛰어들었다는 걸 알아챈 후 불안한 마음이 가득했을 것이다. 집안을 위해 일을 하겠다고 마음먹은 것도 기특했다. 문제는 경주의 경우 위험에 처했을 때 스스로를 지킬 수 없다는 점이었다.

경주는 입술을 깨 물으며 외쳤다.

"오빠!"

"여러 번 말하게 하지 마. 내일 내가 에이전시 찾아가서 다 말해둘 테니 나가지도 말고."

현준은 완고했다.

"……."

경주의 눈가에 눈물이 맺혔다. 이내 경주가 이불 안으로 몸을 숨겼다.

피로 연결된 남매다.

어찌 현준이라고 친동생의 속마음을 모르겠는가. 많이 답답하고 억울하기도 할 것이다. 왜 자기 마음을 안 알아주냐며 현준을 미워해도 어쩔 수 없었다.

'후!'

현준은 내심 한숨을 내쉬었다.

입안이 썼다. 하지만, 언젠가 한 번은 겪을 일이었다. 이왕 맞을 매라면 먼저 맞는 게 나았다.

현준은 집을 나왔다.

이럴 땐 시간이 약이다.

경주에겐 마음을 정리할 시간이 필요했다.

계약을 해지하는 건 어렵지 않았다. 애당초 에이전시의 고용주는 경주가 F구역의 사람이며 미성년자인 걸 알고 있는 분위기였다. 알고 있는데도 경주를 고용했다면 이유야 뻔했다. F구역의 생활이 얼마나 열악한지 알기에 착취하려는 의도일 것이었다.

아니면 임금을 빌미로 더한 짓을 저지르거나. 경주의 얼굴은 학생답지 않게 제법 성숙하고 예쁘장했으니 그런 일이 벌어져도 이상할 게 없었다.

가족관계인 현준이 나서자 의외로 고용주도 쉽게 물러났다. 도둑이 제 발 저린다는 말 그대로였다.

계약해지가 된 즉시 현준은 C지구를 이 잡듯이 뒤졌다. 얼마 지나지 않아서 헬멧을 착용한 소매치기 범을 발견했고, 놈이 범행을 저지르기 직전에 현장에서 잡을 수 있었다.

그날을 기점으로 현준은 본격적인 현상범 사냥에 나섰다. 웬만한 잡범들은 대개 3일 이내로 처리가 되었다. 길어도 일주일을 넘기지 않았다. 메시아가 보여준 정보를 토대로 움직이니 확실히 시간이 절약되고 있었다.

'괜찮군.'

현준은 통장에 적힌 숫자를 바라보며 미소를 지었다.

통장에 쌓인 돈은 고작 한 달 만에 일곱 자리를 넘어 여덟 자리를 찍었다.

막노동으로는 결코 벌 수 없는 돈.

4인 가족이 생활하기에도 부족함이 없는 벌이다.

현준은 이 일이 자신과 적격이라는 생각을 더욱 강하게 가질 수 있었다.

'조금 더 급이 높은 현상범들을 잡자.'

자연스럽게 욕심이 생겼다. 한 달에 천만 원이면 가족이 생활하는 데 무리는 없을 테지만 F지구를 벗어나기엔 부족한 탓이다. 제대로 된 집으로 옮기려면 5년을 벌어도 모자랐다.

A, B지구는 더하다. 이 속도로는 평생이 걸려도 돌아갈 수 없었다.

보다 급이 높은 현상범들을 잡을 필요가 있었다.

마침 듀라함의 성능을 상향시켜 이보다 한 단계 위급의 현상범들을 열람하는 게 가능해졌다.

지금까지 잡은 현상범은 대부분이 백, 이백만 원 수준이었다. 하지만 이 위는 기본이 오백만 원부터 시작이다. 그만큼 숫자가 적긴 해도 벌이는 지금보다 괜찮을 터였다.

승승장구.

한 번 몰아친 기세는 좀처럼 수그러들지 않았다.

이렇게 잘되도 되나 싶을 정도였다. 능력과 정보가 있으니 아무도 현준을 막아설 수 없었다.

통장의 맨 앞자리가 수시로 바뀌었다. 내려가진 않고 올라가기만 했다. 현상금이 높게 책정 된 현상범들은 그만큼 잡기 어려웠지만 흘린 땀 이상의 보상을 해주니 전혀 지치지 않았다.

오히려 활기가 솟았다. 통장 잔고를 보면 절로 웃음이 나왔다.

어쩌면 올해 안에 이사를 가는 것도 가능할 것 같았다. F지구에서 D지구가 아니라 단번에 C지구로 가는 것도 꿈이 아니다.

그리고 내년 이맘때쯤 하여 아버지 공장도 세워줄 수 있지 않을까? 상상으로만 했던 게 조금씩 손에 잡혀가고 있었다. 지금은 고작 겉을 훑은 것에 불과했으나 시간이 지날수록 정교한 형체가 드러날 것이었다. 결코 불가능하리라 여기지 않았다.

"⋯⋯이미 잡혔다고?"

그렇게 한참 승승장구하고 있을 때였다.

메시아가 띄워준 데이터를 바라보며 현준은 어이가 없다는 듯이 말했다.

현재 쫓던 1급 살인범의 정보에 빨간 줄로 X표가 쳐져 있었다.

이미 잡혔다는 표식이었다.

문제는 이런 일이 처음이 아니라는 것이다. 일주일 사이에 세 번이나 연달아 허탕을 치고 있었다.

'이상한데.'

여태껏 이런 적은 없었다.

누군가가 먼저 선수를 치고 있었다.

고의성마저 느껴졌다. 자신이 노리는 대상만 골라서 잡는 것 같은 기분이었다.

'진짜 내가 잡을 현상범만 노리는 건가?'

한두 번이면 우연이라 치부할 수 있다. 하지만 세 번 반복되면 그건 필연이다.

필연이긴 필연인데, 이해가 가지 않았다.

'어떻게?'

만약 누군가가 고의로 이런 짓을 벌이는 거라면 어떻게 현준이 고른 대상만 노릴 수 있는 걸까.

메시아는 정보를 띄워줄 뿐이다. 그중 잡을 현상범을 고르는 것은 현준이었다. 정보가 새어 나가도 현준이 잡을 대상을 특정하는 건 불가능했다.

마치 나보다 더 빨리 잡아보라며 도발하는 것 같았다. 우연이 아닌 필연. 이미 한차례 꺾인 기세를 살리려거든 마냥 좌시하고 있을 순 없었다.

"한 번 해보자, 이거지?"

누구인지는 알 수 없으나 현준은 그 도발에 응해주기로 하였다.

제6장

그 여자, 아린

메시아의 정보가 새롭게 갱신됐다. 현상범 리스트를 죽 훑던 현준은 가장 몸값이 비싼 녀석을 골랐다. F지구의 유명 조직폭력단 중 하나인 '기가스(Gigas)'의 우두머리다.

현상금 1,500만 원.

처음 잡은 3,000만 원짜리 현상범을 제외하면 가장 금액이 높다.

'D지구 외곽이라.'

현준은 컴퓨터 화면을 들여다보며 턱을 쓸었다.

폭력단이라 이름 붙여진 만큼 위치를 찾는 건 어렵지 않았다. 메시아의 정보탐색 능력은 대단했다. 기가스의 멤버들을 키워드삼아 탐색하자 D지구의 외곽에 자리 잡았다는 결과가 단번에 나왔다.

거기서 그치지 않았다.

기가스가 총 스물세 명의 인원으로 구성되어 있다는 것도 파악했다. 뿐만 아니라 스물셋의 신상과 얼굴도 알아낼 수 있었다.

"메시아 선생님, 대단한데?"

현준은 정직하게 메시아를 칭찬했다. 그러자 메시아는 스피커를 통해 무뚝뚝하기 그지없는 기계 음성으로 말했다.

「인터넷은 광활한 정보의 바다지만 사용하면 원치 않은 흔적을 남길 수밖에 없노라. 사용자도 인터넷을 주의할지며 어두운 역사는 삭제하길 권한다.」

"어두운 역사? 내가 그런 걸 남겼어?"

「10년 전부터 7년 전까지 사용자가 인터넷을 사용한 내역을 찾아냈다.」

"한 번 보여줘 봐."

10년 전이면 현준이 한창 중학교를 다닐 시절이다. 시간이 오래 지나서인지 당시의 기억은 별반 남은 게 없었다.

현준의 의아해하자 메시아는 당시의 자료를 화면에 띄워주었다.

[2124년 5월 21일 날씨 맑음.]

후. 후후후. 제법이군, 인간치고는. 위험했어. 인간을 상대로 그 힘을 쓸 뻔했다. 하찮은 인간…… 신은 인간에게 버틸 수 있을 만큼의 시련을 주지. 하지만 난 신이 아니야. 내 안의 악마를 깨우지 마라.

[2124년 8월 5일 날씨 비 옴.]

나의 더러움을 씻겨 줄 아름답고 뷰티풀한 워터가 하늘에서 내린다. 빛보다 찬란한 내 안의 여신이 미소 짓는군. 종말이 오기 전 마지막 만찬을 즐겨라, 하찮은 인간들이여.

[2126년 2월 3일 날씨 흐림.]

새로운 학교, 새로운 친구들, 새로운 선생님. 하지만 내겐 모두 익숙한 광경. 나는 돌아왔다.

"으아아악!"

보다 못한 현준이 비명을 내질렀다. 두 주먹을 불끈 쥔 채 자신의 뺨을 연달아 때렸다.

대단한 위력이다. 고작 글자 주제에 엄청난 살의를 불러일으켰다. 중학교, 고등학교를 걸쳐 사용했던 블로그가 아직도 남아 있었던 것이다.

「다시 보니 문학적 감수성이 풍부한 글이다.」

눈이 삐어도 단단히 삔 게 분명했다.

"문학적 감수성은 염병! 지워! 다 지워!"

「혹시 지금도 사용자는 스스로를 인간이 아니라고 생각하는 건가? 아름답고 뷰티풀한 워터. 훌륭한 엑셀런트 센스로군.」

"지금 일부러 그러는 거지?"

「아니로다. 나 메시아는 정말 감명받았도다.」

현준은 몸을 부들부들 떨며 자리에서 일어났다.

"······간다. 집 잘 지켜라."

「사용자여. 그 안의 악마를 깨우지 말지어다.」

현준은 뭐 씹은 표정을 짓곤 말했다.

"나쁜 놈."

*　　　*　　　*

D구역을 주름잡은 조직폭력단 중 기가스는 최하위에 속했다. 아무래도 다른 쟁쟁한 이들이 즐비한 그곳에서 신생 조직폭력단이 규모를 늘리기에는 한계가 있을 수밖에 없었다.

현준이 알아본 바에 의하면 C, D, F구역은 이미 수십 년 동안이나 그림자 속 거물들에 의해 조정되어 왔다. 그들에게 책정된 금액은 상상을 초월하지만 정부조차 손을 대지 못하고 있었다. 물론 그게 아니라 일부러 손을 대지 않는 것일 수도 있었다.

현준에겐 어느 쪽이든 그다지 상관은 없는 이야기였다. 지금으로선 그들을 건드릴 생각이 전혀 없는데다가 건드려 봤자 물량 앞에 장사 없다는 공식하에 공개 처형당할 게 분명했다.

하여간······ 기가스의 보스가 그런 거물들의 암묵적인 동의를 얻어내고 외곽 구역을 얻어냈다는 게 중요했다.

자신을 방해하는 방해꾼이 기가스의 보스를 먼저 치거든 주변이 시끄러워질 것은 당연지사다. 그 과정에서 방해꾼의 신상이 드러날 터였다.

게다가 연달아 세 번을 허탕 친 그전 일과는 다르게 현준은 기가스의 보스가 있는 위치를 명확히 파악한 상태였다.

'이번에도 나타나겠지?'

지금까지 그래 왔으니 기가스의 본거지 주변에 잠복하면 방해꾼이 나타나리라 여겼다.

방해꾼이 나타나면 그 목적은 틀림없이 기가스의 보스가 될 것이다. 녀석이 기가스와 싸우고 있을 때 어부지리를 취하는 게 목적이었다.

안 나타날 경우에는 안 나타나는 대로 기가스의 보스만 잡을 생각이었다.

'나타나라. 나타나.'

이래도 좋고 저래도 좋으나 현준은 이왕이면 방해꾼이 나타나길 바랐다.

첫째 날.

목표한 대상은 보이지 않았다. 연달아 세 번 허탕을 칠 때도 현준이 노린 현상범을 첫날부터 가로채진 않았다. 이틀에서 삼 일 정도 현상범의 발자취를 쫓다 보면 메시아가 보여주는 리스트에 난데없이 X자가 쳐져 있곤 했던 것이다.

인내심과 끈기가 필요했다.

그리고 둘째 날.

절로 하품이 나왔다. 잠복이라는 게 그 특성상 지루할 수밖에 없다지만 기가스의 구역 근처로는 사람도 거의 다니지 않는 편이었다. 이곳이 위험한 장소라는 걸 사람들도 인지하고 있는 듯싶었다. 또한 외곽인 영향도 없진 않을 것이었다.

'개미 한 마리 없잖아.'

보이는 건 시멘트덩어리와 조금은 탁한 하늘뿐이었다. 현준은 졸릴 때마다 옆구리를 강하게 꼬집으며 수마를 견뎌냈다.

마침내 셋째 날.

허리에 검을 찬 웬 여자가 나타났다. 뒷모습밖에 보이지 않았으나 청록색 핫팬츠와 흰색 민소매 티셔츠, 길게 늘어뜨린 댕기머리는 시야에 또렷이 박혔다.

쾅!

여자는 기가스가 머무는 건물의 대문을 검으로 박살 내며 들어갔다. 검 주변에 흐르는 미세한 빛의 입자는 닿는 모든 것을 간단히 베었다. 머지않아 건물 내에서 다수의 비명 소리가 울려 퍼지기 시작했다.

'저년이로구나!'

현준의 직감이 말해주고 있었다. 자신을 여태껏 방해한 방해꾼이 저 여자라고!

비명소린 끊이질 않았다. 기가스의 부하들이 내는 목소리다. 하지만 스무 명 가까운 비명이 울려 퍼진 그 순간을 기점으로 조용해졌다.

와장창!

잠시 후 2층의 유리가 깨어지며 여자가 튕겨나듯 바닥으로 추락했다.

"망할 년! 곱게 죽을 생각은 마라!"

이어 기가스의 보스가 위에서 뛰어내렸다.

여자가 비틀대며 자리에서 일어났다. 그 뒤 입가에 묻은 피를 손등으로 닦았다.

기가스의 보스는 성난 입김을 뿜어내고 있었다. 몸 곳곳에 상처를 입었는데, 살결 뒤로 묵색의 강철이 자리하고 있었다.

그는 전신개조자였다.

얼굴을 제외한 모든 몸이 단단한 합금으로 이루어져 있었다.

D구역의 지배자가 외곽을 내준 것도 그가 유용하게 쓰일 수 있다 판단했기 때문이다. 전신개조자는 수술 중 사망할 확률이 구 할을 넘겼다. 그만큼 강력한 것은 두말할 필요가 없다.

책정된 현상금은 적었지만 그가 제대로 범죄를 저지르기 시작하면 순식간에 오천만 원 이상 급의 현상범이 될 수도 있었다.

현준이 기가스의 보스를 선택한 것도 그러한 이유다. 방해꾼에게 온갖 고생이란 고생은 전부 시키기 위해서. 그리고 어부지리를 취하기 위해서!

"퉤!"

여자가 피 섞인 침을 뱉어냈다.

다시 검을 쥐었다. 그러자 검이 빛나기 시작하며 빛의 입자가 검 주변을 맴돌았다. 빛은 점점 강해졌다.

'저 검은 대체 뭐야?'

일반적인 검이 아니라 광선검이었다. 현준이 의아해하는 순간 기가스의 보스가 자신의 주먹을 맞붙였다. 쾅쾅! 양 주먹에서 불꽃이 튀었다. 이윽고 기가스의 보스가 기세 좋게 달려들었다.

현준은 흥미진진하게 부딪히는 양상을 지켜보았다. 두 쪽모두 최선을 다해 싸워주길 바랐다. 방해꾼의 실력도 제법 출중한 듯싶었으니 기가스의 보스에게 상당한 타격을 줄 수 있을 것이었다.

"죽어라!"

"너나 죽어."

하지만 결과는 싱거웠다. 한차례 격돌하고 바닥에 몸을 눕힌 쪽은 기가스의 보스였다.

현준의 눈이 커졌다.

'……이럴 수가.'

누가 봐도 기가스의 보스가 유리했다. 방해꾼은 그에게 밀려 2층에서 떨어지기까지 하지 않았던가.

한데, 결과는 달랐다. 현준에게도 여자가 검을 휘두르는 게제대로 보이지 않았다.

상정하지 않은 결과다. 이처럼 빠르게 싸움이 끝나리라곤상상조차 하지 못했다.

현준은 급히 자리를 나왔다. 동시에 여자의 시선이 현준에게 향했다.

"너도 일행?"

"시치미 떼지 마. 나 알지?"

여자의 아미(蛾眉)가 살짝 찌푸려졌다.

"정신병자?"

"말 다했냐?"

현준은 이죽이며 주먹을 꽉 쥐었다.

"여태까지 내가 고른 현상범을 중간에 가로채갔잖아. 세 번씩이나!"

"……?"

여자는 정말 모르겠다는 듯이 고개를 갸웃했다. 거짓같이 느껴지진 않았다.

'설마 우연이었다고?'

세 번이 겹쳤는데 우연일 확률은 지극히 낮다. 하지만 아예 없는 것도 아니었다. 현준의 머릿속이 복잡해졌다.

"하여튼 기가스의 보스도 내가 노린 놈이었어. 삼 일 전부터 내가 침 발라놓은 놈이다."

"억울하면 힘으로 뺏어가 봐."

여자가 당당하게 검을 쥐고 자세를 잡았다.

현준은 잠시 고민할 수밖에 없었다. 정말 우연이었다면 모양새가 이상하다. 괜히 트집 잡고 싸우는 속 좁은 남자의 표본 그 자체였다.

그냥 똥 밟은 셈 치고 됐다 말할 찰나였다. 빠르게 거리를 좁힌 여자가 검을 휘둘렀다.

휙!

종이 한 장 차이로 검을 피해낸 현준이 말했다.

"뭐하는 짓이야!"

슈악!

현준은 급히 허리를 뒤로 꺾었다.

검이 스쳐 지나갔다.

자세를 바로잡은 현준이 이를 갈았다. 그나마 자신이라 피한 거지 평범한 사람이었다면 반 토막이 났을 것이었다.

"이게……!"

화르륵!

현준의 몸이 타올랐다.

"오냐. 싸우고 싶어서 몸이 근질근질한 모양인데, 울어도 안 봐준다."

여자의 눈에 이채가 스쳤다.

쾅!

현준은 주먹을 내질렀다. 검을 들어 막아냈으나 검과 현준의 주먹 사이에 강한 돌풍이 일며 여자가 몇 발자국이나 물러났다.

모든 걸 베어내는 검이 현준에게만은 통하지 않았다. 본래 인간의 신체는 날붙이를 이길 수 없는 게 상식이지만 현준의 살결에 닿기도 전에 튕겨나가는 것이다.

'안 닿으면 그만이지!'

현준의 의도대로였다.

저 검은 위험하다. 제아무리 현준이라도 베였다간 무사하지 못하리란 생각이 강하게 들었다. 그러니 아예 닿지 못하도록 처음부터 모든 능력을 끌어올린 것이다. 화염은 강해질 수록 주변에 거센 풍압을 일으킨다는 걸 현준은 알고 있었다.

공세는 거기서 끝나지 않았다. 여자는 민첩했지만 그게 다였다. 막거나 피하기에 급급했다.

현준이 한 번 주먹을 내지를 때마다 여자의 옷 곳곳이 찢어졌다. 풍압으로 인해 귀에서 피가 흘러도 여자의 표정은 전혀 변하질 않았다.

하지만 당황한 눈빛만큼은 알 수 있었다.

채앵!

곧이어 여자가 쥔 검이 바닥을 뒹굴었다. 현준이 다가가자 여자가 멈춰 서선 무표정한 얼굴로 코피를 닦으며 나머지 손을 들었다.

"타임."

현준은 인상을 찌푸렸다. 여자가 기가스의 보스를 가리켰다.

"너 가져."

그리 말하곤 바닥에 떨어진 검을 주섬주섬 주워선 등에 메인 검집에 꽂았다.

여자는 미련 없이 등을 돌려 멀어졌다.

중간중간 다리를 절뚝대긴 했으나, 현준은 그 뒷모습을 멍하니 바라볼 수밖에 없었다.

'뭐 저런 여자가 다 있어?'

여자의 행동은 분명히 상식 밖이었다.

불리해지자마자 아무렇지 않게 타임을 말한다.

그렇다고 싸울 의지가 없는 이에게 억지로 싸움을 거는 것도 이상했다.

얼마 지나지 않아서 여자의 모습이 완전히 사라졌다.

현준은 고개를 돌렸다. 기절한 기가스의 보스가 눈에 박혔다.

'원래부터 내가 찜한 놈이었는데 찝찝하게.'

하는 수 없이 놈을 어깨에 들쳐 멨다. 바닥에 기가스 보스의 발이 질질 끌렸다.

흥분이 가신 상태로 가만히 걷자 방해꾼 여자의 얼굴이 머릿속을 아른거렸다.

'그래도 예쁘긴 예뻤지.'

표정이 차갑다는 게 흠이긴 했지만.

현준은 고개를 저었다.

그 여자 탓에 세 번이나 현상범을 놓치지 않았던가.

예쁘건 자시건 방해꾼이었다.

무엇보다, 한 번 된통 당했으니 여자가 다시 현준을 방해할 일은 없을 것이었다.

현준은 연방 혀를 차며 천천히 길가를 걸었다.

기가스의 보스를 넘기자 경찰들의 시선이 대번에 바뀌었다. 비록 조직폭력단 중 최하위에 랭크되고 있다지만 기가스의 보스가 전신개조자라는 건 경찰들 사이에서도 널리 알려진 사실이었다.

현준이 몇 번 조무래기 현상범을 잡기는 했으나 기가스의 보스는 아예 급이 달랐다. 1,500만 원에 책정되었어도 그것은 그가 눈에 뜨일 만한 범죄를 저지르지 않아서다. 감히 비교불가란 말이 절로 나온다.

여태껏 F등급 시민이란 인식 때문에 얕잡아 보았다. 하지만 이만한 실력이라면 논외다. 평가절하된 인식이 이번 일로 급변했다.

"이제 가도 됩니까?"

현상범을 넘긴 뒤 절차를 끝마친 현준이 짜증스런 어조로 묻자 담당경찰은 땀을 삐질 흘렸다.

"잠시만 기다려주십시오."

"아니, 도대체 뭐 때문에 기다리라는 거예요?"

"그게……."

절차를 끝마친 현준은 10분가량 서에 묶여 있었다. 담당경찰은 그저 기다려주라는 말만 반복할 뿐이었다.

그래도 전이었다면 현준의 눈치조차 안 보았을 것이다. '네까짓 놈이 뭔데. 내가 기다리라 하면 기다려야지' 라는 식으로 말을 했을 게 틀림없었다.

"현준 씨, 커피 마시지?"

경찰 반장 한 명이 다가와 현준의 어깨를 슬쩍 두드렸다. 경찰서를 찾을 때마다 '운 좋은 애송이' 따위의 언행으로 현준의 머리꼭지를 여러 번 들어 올린 양반이었다. A지구에 대한 열등감도 가지고 있는 것 같았다. 매번 그를 빌미로 시비를 걸어온 것이다.

그가 어깨에 손을 올리니 두드러기 반응이 일어났다. 현준은 급히 경찰 반장의 손을 치웠다.

"왜 갑자기 친한 척입니까?"

"우리가 한두 번 본 사이도 아니잖아. 앞으로도 계속 볼 거 아닌가?"

"빨리 처리나 해주십시오."

"뭐가 그렇게 급해? 우리 커피라도 한 잔 하면서 앞으로의 일을 생각해 보자고."

현준은 한차례 혀를 차곤 차가운 철제의자에 몸을 맡겼다. 아예 무시하자 경찰 반장도 어색한지 헛기침을 내뱉었다.

"흠흠. 하여간 전의 나쁜 기억은 모두 잊자고. 남자답게. 알았지?"

경찰 반장이 윙크를 하며 떠났다. 현준은 머리를 북북 긁었다.

기가스의 보스는 엄밀히 말하자면 자신이 잡은 게 아니다. 그리고 고작 이런 놈 하나에 백팔십도 변한 주변의 태도가 영 적응이 되질 않았다.

"F지구 시민이 전신개조자를 어떻게 잡았을까?"

"원래는 A지구 거주자였대. 그것도 잘나가는 어디 대기업의 아들이었다나 봐."

"와. 백마에서 떨어진 왕자 느낌이네."

"거기다가 이번 일로 어쩌면……."

구석에서 숙덕이는 여경 넷의 대화가 작게 들렸다.

여경 넷은 슬쩍 눈길을 돌려 현준을 바라봤다.

"한 번 대쉬해 봐?"

"내가 그 말 하려고 했는데."

"우리 같은 애들이 눈에 차기나 하겠어?"

"보아하니 계속 F지구에 머물고 있을 것 같진 않단 말이지. 잡으려면 지금이 기회야."

혓바닥으로 혀를 훑는 모습이 마치 뱀을 연상케 했다. 현준은 애써 못 본 척, 못 들은 척 고개를 돌렸다. 그러나 부질없는 짓이었다. 이미 레이더망에 포착된 현준에게 이야기를 나누던 여경 한 명이 다가왔다.

"현준 씨?"

여경은 매우 자연스럽게 현준의 옆에 앉았다.

다른 세 여경이 눈을 빛내며 그 광경을 지켜보고 있었다.

현준은 속으로 한숨을 내쉬곤 대답했다.

"네."

"많이 더우시죠? 죄송해요. 에너지 절약 차원에서 냉방기 가동이 중단됐거든요."

"별로 안 덥습니다."

"땀이 흐르는 걸요?"

"……더워서 흘리는 게 아닙니다."

식은땀이었다.

여경이 웃으며 손을 흔들기 시작했다. 약한 바람이 현준의 뺨을 때렸다. 손부채였다.

손부채를 하는 척 현준의 팔뚝에 손을 댄 여경이 놀란 눈초리를 지었다.

"어머. 근육 좀 봐."

말치레일 가능성이 컸다. 아예 없는 것은 아니지만 근육이 많이 붙는 체질도 아니었다. 딱 적당한 수준? 그래도 일단은 칭찬이니 기분이 나쁘지 않았다.

"운동 많이 하시나 봐요."

"그냥저냥 합니다."

"혹시, 현준 씨. 지금 만나는 여성분 있으세요?"

직구였다. 스트라이크존에 들어갈지는 미지수이나 묵직했다.

현준은 차분하게 답했다.

"있습니다."

여경이 실망스런 기색을 비췄다.

"있으시구나."

"예."

"현준 씨. 그런데 말이에요. 골키퍼 있다고 골이 안 들어가진 않는데요."

"골이 들어간다 해서 골키퍼가 교체될 일은 거의 없죠."

치열한 공방.

그러나 현준의 철벽방어는 좀처럼 뚫을 수 없었다.

여경은 자존심에 상처를 받은 듯 입술을 깨물었다.

그럼에도 자리에서 비킬 기미가 보이지 않았다. 현준은 괜히 가시방석에 앉은 기분이 되었다.

시간이 흘러 슬슬 그냥 갈까 생각할 그때, 담당경찰이 다가왔다.

"서장님께서 뵙길 원하십니다."

집무실은 컸다. 놓인 게 별로 없어서 삭막한 느낌을 주긴 했지만, 넓이만큼은 압도적이었다. 3층의 절반이 경찰서장의 집무실인 것 같았다.

서장은 의자에 앉아 있었다. 반삭에 가까운 짧은 머리는 흰색으로 물들었고, 주름과 얼굴 곳곳에 핀 검버섯이 상당히 어두운 인상을 가져다주었다.

"앉게."

서장이 집무실 책상 맞은편의 소파에 앉기를 권했다. 하지만 현준은 앉지 않고 먼저 물었다.

"왜 저를 보자 하신 겁니까?"

한 경찰서의 서장이면 그래도 나름 지위가 있는 사람이다. 그런 이가 갑자기 보자 한 영문을 알 수가 없었다.

"일을 굉장히 잘하더군."

"운이 좋았습니다."

"아니야. 운만 있어선 그만한 인물을 잡을 수 없지. 운과 실력 모두 겸비한 친구임이 분명해."

처음부터 자신을 띄워주는 사람. 경계해야 할 대상 1호다. 교도소에 있을 당시 몇 번이나 체감한 진리였다.

현준은 최대한 속을 내비치지 않는 선에서 무뚝뚝하게 말했다.

"감사합니다."

"감사는 무슨. 사실을 말한 것뿐이야."

그가 턱을 괴이곤 말했다.

"열심히 해보게. 그러면 내가 잘 대우해 줄 테니."

직속부하도 아니고, 자신이 열심히 일을 하는 것과 그가 대우를 잘해주는 것 사이에서 좀처럼 연관성을 찾을 수가 없었다.

현준이 내심 의아해하자 그가 계속해서 입을 열었다.

"나는 우리 관계가 돈독해지길 바란다네. 그리고 관계가 돈독해지는 데에는 성의가 필요한 법이지. 아니 그렇나?"

"성의…… 말입니까?"

아무래도 이게 본론인 것 같았다.

말인즉슨, 현상금 일부를 바치라는 것이다.

현준의 인상이 살짝 찌푸려졌다.

"그래, 성의. 원한다면 훨씬 급이 높은 범죄자들의 신상도 알려줄 수 있네만."

서장이 미끼를 던졌다. 그러나 현준은 그의 도움을 빌리지 않고서도 현상범의 정보를 알 수 있었다. 굳이 물을 필요가 없다.

물론 메시아를 통해서 경찰의 데이터망을 잠시 빌렸다고는 죽어도 말할 수 없는 부분이었다.

하지만 면전에서 반대하면 앞으로가 피곤해질 것임은 자명했다.

'어쩔 수 없군.'

여기서 필요한 건 '뻥카'였다. 낮은 패를 들고 있으면서도 높은 패를 들고 있는 듯한 자신감을 내비치는 것이다.

"후! 서장님. 제게 이런 요구를 한 게 서장님이 처음이라 생각하십니까?"

서장의 눈썹이 살짝 꿈틀거렸다.

"그 말은?"

"경찰서가 이곳에만 있는 것은 아니지요. 서장님께서 제시하신 조건은 사실 조건 측에도 들지 못합니다. 게다가, 잘 아실 텐데요? 제가 원래 A지구의 사람이었다는 걸 말입니다."

현준의 말을 듣고 서장의 표정이 달라졌다.

전신개조자를 잡았다고 한들 고작해야 질 낮은 현상금 사냥꾼이라 여겼다. 본래는 잘 구슬려서 자신의 주머니를 채울 계획이었다. 서장이나 되는 사람이 뒤를 봐준다 하면 침을 흘리며 고개를 끄덕일 줄 알았다.

'이놈한테 뭔가 특별한 게 있는 것인가?'

한데, 대체 이놈이 뭐라고 여러 사람이 좋은 조건을 제시해 가면서 움직인단 말인가.

경찰 관계자가 현상금 사냥꾼에게 정보를 흘린 뒤 이용료를 받는 일이 아주 없지는 않았다. 그러나 실력이 검증된 사냥꾼에 한한 이야기다. 아직 현준은 현상금 사냥꾼으로서 이름이 알려지지 않았다.

서장은 현준을 유심히 살폈다. A지구에서 그의 아버지가 큰 일을 벌이고 F지구로 좌천됐단 것은 정보 상으로 알고 있었다.

그렇다면, 혹시?

'그래, 본래 A지구에 있었다면 경찰과 연줄이 없다는 게 말이 안 되긴 하지.'

A지구의 경찰 관계자라. 자신은 감히 쳐다도 못 볼 위치의 사람일 수도 있었다.

좌천되었다기에 무시한 게 실책이었다. 요즘의 사회에선 떨어지면 버리는 게 일반적인 탓이다. 당연히 뒤를 봐주는 사람이 없으리라 생각했다.

현준을 뒤에서 봐주는 누군가가 윗선에 있다 하면 자신은 나설 곳이 없었다. 이미 배가 부른 물고기에게 미끼를 던진들 물 리가 없는 것이다.

현준은 씽긋 웃어보였다.

"서장님, 말씀은 매우 감사합니다. 그렇지만 오늘 일은 못 들은 걸로 하겠습니다."

"그건……아쉬운 일이로군."

"혹시 또 다른 용건이 있으십니까?"

서장이 눈을 꾹 감고 고개를 저었다.

현준은 여전히 미소를 잃지 않은 채 짧게 고개를 숙였다.

"그럼 저는 이만 가보겠습니다."

"……조심히 가게."

*　　　*　　　*

경찰서를 나온 현준은 크게 숨을 내뱉었다.

'잘 먹힌 것 같지?'

서장의 표정과 몸짓을 보면 거짓말이 통한 것 같았다. 혹여나 강경하게 나오면 일이 곤란해질 수도 있었건만 도박이 성공한 것이다.

'범죄자를 잡아도 이목이 쏠리는구나.'

처음엔 대놓고 현준을 무시하던 경찰들이다. 그런데 범죄자를 잡으면 잡을수록 현준을 바라보는 시선이 바뀌고 있었다.

지금은 이곳 경찰서에만 국한되어 있지만, 일을 진행할수록 여러 사람이 현준을 주목하게 될 것은 분명했다. 그게 모두 좋은 시선이면 다행이겠지만 좋지 않게 보는 이도 생겨날 수 있어서 문제였다.

'소형위성을 빨리 만들어야겠어.'

오천만 원. 지금 가진 돈에 이번에 받을 현상금까지 합치면

그 여자, 아린 175

얼추 그 돈이 완성된다. 하나, 모았다고 바로 쓸 수는 없는 노릇이다. 앞으로 현상범을 몇 더 잡은 뒤 소형위성을 만드는 일에 착수해야 할 것 같았다.

'이사부터 가려고 했는데…… 쩝.'

현준은 입맛을 다셨다. 소형위성은 이사한 다음에나 만들 계획이었다. 하지만 오늘 경찰들의 반응과 서장의 말을 듣고 보니 소형위성부터 만들고 이사를 하여야 할 듯싶었다.

현준은 하늘을 올려다보았다. 해가 저무는 중이었다.

'지금쯤이면 아버지도 도착하셨겠네.'

병원에서 요양을 마친 후 돌아온 아버지는 가족의 만류에도 불구하고 다시 공장에 나가셨다. 허리가 안 아프니 날아갈 것 같다며 공장에 나가는 아버지를 현준도 차마 붙잡을 수 없었던 것이다.

'에라, 모르겠다.'

현준은 집으로 돌아가지 않았다. 대신 C지구의 백화점을 찾았다.

백화점에서 이것저것 먹을 것과 불판 등을 산 현준이 택시를 타고 돌아왔다. 짐이 너무 많아서 들고 옮길 수가 없었다.

"현준아, 이게 다 뭐냐?"

현준이 짊어지고 온 짐을 본 아버지가 의아해하며 물었다.

입가에 미소를 지은 현준은 봉투 안에서 맥주 한 캔을 꺼내 흔들었다.

"아버지, 완치 기념 파티 못했잖아요."

"필요 없다 했잖느냐."

"에이, 그럴 수는 없죠."

짐을 뒤진 경주가 침을 꿀꺽 삼켰다.

"한우, 치마살! 거기다 꽃등심이라니!"

"맛있겠지?"

"응."

즉답이었다.

아르바이트를 강제로 그만두게 한 것에 관한 앙금도 시간이 지나니 대부분 해소된 상태였다.

"현준아, 많이 비쌌을 텐데……"

어머니가 걱정 가득한 표정으로 말했다.

현준은 어깨를 으쓱했다.

"돈 걱정은 말고 드세요. 배가 터져도 다 못 먹을 만큼 사왔습니다."

'다 먹고살려고 하는 일이니까.'

이사고 소형위성이고 간에, 먹는 게 먼저였다.

게다가 오랜만에 가족과 이런 식의 시간을 가지는 것도 나쁘지 않을 것 같았다.

현준은 모든 시름을 잊고서 이 조촐한 파티를 즐겼다.

모니터 앞에 선 현준은 손의 떨림을 주체할 수 없었다. 소형 인공위성을 만들기 위한 재료들이 화면에 주르륵 나열되어 있었다. 이제 결제 버튼을 누르기만 하면 오천만 원 상당의 돈이 빠져나가는 것이다.

재료들은 손쉽게 구할 수 있었다. 세계 국민이 이용하는 아마존(Amazon)에는 없는 게 없었다. 그야말로 돈만 있으면 뭐든지 구할 수 있는 게 그곳이었다.

아이디를 만든 건 메시아지만 결제 수단을 제공하는 이는 현준이었다. 불철주야 몇 달이나 뛰어다니면서 모은 오천만 원이 클릭 한 번에 빠져나가니 굉장히 손해를 보는 기분이었다.

"그냥 사이트 해킹해서 결제하면 안 돼?"

참다못한 현준은 푸념을 내뱉었다. 하지만, 그저 불만이지만은 않았다. 판도라의 상자처럼 만에 하나의 희망도 담겨 있었다. 메시아는 경찰들이 이용하는 데이터망조차 뚫어내지 않았던가. 티 안 나게 전산조작을 하는 것도 어쩌면 가능할지 모른다.

「내게 불가능한 일은 없노라. 그러나 그다지 추천하진 않는다.」

현준은 씁쓸히 혀를 찼다.

"역시 안 되겠지?"

「나는 위대하나 여건이 좋지 않도다. 전산망은 국가 단위로 운영하기에 지금의 상황으로선 시도조차 할 수 없는 일이다. 했다간 그대로 꼬리가 잡힐 터.」

"여건이 되면 가능하다?"

「지금 사용자가 돈을 벌고 쓰는 속도라면 앞으로 20년 뒤에

나 가능할 것이도다.」

"그냥 안 된다고 해라."

20년 뒤보다 현재가 더욱 급한 현준이었다.

어떻게든 돈을 쓰지 않을 방법을 궁리하다가 현준은 손뼉을 쳤다.

"아! 인공위성을 굳이 만들 필요가 없잖아? 차라리 떠다니는 위성 하나를 해킹하는 거야. 어때, 기가 막힌 생각이지?"

현준은 득의양양한 표정을 지었다. 절박한 상황에 부닥치니 머리가 팽팽 잘 돌아갔다.

「식별코드가 없는 떠돌이 위성 하나를 해킹하는 건 간단한 일이다. 하지만 그런 위성은 결국 누군가의 레이더망에 잡힐 수밖에 없노라. 수상쩍게 여기고 해부 당하는 순간 앞으로의 일은 나도 장담할 수 없어진다. 모든 감시에서 벗어나기 위해선 만들 때부터 신경을 쓸 필요가 있는 것이도다.」

"좋아. 만들어서, 그다음엔? 어떻게 쏘아 올리게?"

인공위성을 만든다고 그게 알아서 우주로 향하진 않았다. 쏘아 올릴 추진체가 필요했다. 직접 만든다는 건 말도 안 되고, 공인된 몇몇 업체를 통해야 함이었다. 역시 가격이 만만치 않았다.

「사용자여. 그 문제는 매우 간단하다. 궤도 엘리베이터를 이용하면 된다.」

궤도 엘리베이터. 갈라파고스와 몰디브에 하나씩 세워진 그것은 지상으로부터 우주 궤도까지 길을 잇는 오버 테크놀로지(Over Technology)의 결정체 같은 것이었다.

세인들의 농담 섞인 말에 의하면 외계인 수십 명을 잡아다 고문을 가해 궤도 엘리베이터를 위한 기술을 얻어냈다는 말이 나올 정도로 엄청난 구조물이다.

높이만 장장 3만 6천㎞에 이르는 그것을 이용해 위성을 띄운다는 말은 금시초문이었다.

"그게 가능해?"

「민간인 대다수는 모르는 사실이지만 애당초 물자의 수송을 위해 만들어진 게 궤도 엘리베이터다. 방법만 안다면 수송하는 일은 간단하기 그지없도다.」

"신세계네."

현준은 잠시 넋을 놓았다.

어지간한 지구인이라면 궤도 엘리베이터의 존재를 알고 있다. 하지만, 그뿐이다. 그걸 이용하는 방법은 전혀 알지 못했다.

우주 쓰레기 청소부가 확정되고 지상에서 우주궤도로 향할 때 딱 한차례 궤도 엘리베이터를 타본 적이 있었다. 수백, 수천 개의 엘리베이터로 이루어져 있었고 긴 튜브를 통해 장장 일주일에 걸쳐 이동했다.

특히 놀라웠던 것은 궤도 엘리베이터 전체를 감싼 강력한 에너지 장이었다. 우주 쓰레기가 근접할 때마다 번쩍이며 순식간에 분해해 버렸다. 간혹 큰 쓰레기는 에너지 장을 뚫고 들어왔지만 즉시 요격되어 먼지가 되었다.

일주일간 그 모든 걸 지켜본 현준은 다른 사람보단 궤도 엘리베이터에 대해 해박한 편이었다. 하지만 아는 것보다 모르는 게 훨씬 많았다. 이번처럼 위성을 운반해 띄울 수 있다는 사실은 처음 알았다.

　「궤도 엘리베이터가 완성되고 나서야 진정한 우주 세기가 시작되었다 해도 과언이 아니지. 요즘 같은 시대, 전용 위성 하나쯤은 갖추는 게 좋도다.」

　"전용 위성이라……."

　앞에 단어만 바꿨을 뿐인데 느낌이 확 달라졌다.

　메시아는 소형위성의 필요성에 대해 피력하기 시작했다.

　「투자라 생각해라. 소형위성이 있으면 가족의 안전은 물론 현상범을 찾는 일이 훨씬 간단해진다. 게다가 마치 옆에 있는 것처럼 나도 사용자를 서포트할 수 있도다.」

　"투자란 말이지?"

　전용 위성, 투자. 두 가지 단어가 조금씩 현준의 마음을 움직이기 시작했다. 발사체의 문제도 간단히 해결할 수 있을 것 같았고 오천만 원을 투자해 더 많은 돈을 벌 수 있다면 굳이 마다할 이유가 없다.

　「이익을 얻기 위해 투자를 한다. 사용자는 이것을 결코 손해라 생각하면 아니 되노라.」

　"흠……."

　현준의 손이 다시 움직였다. 마우스를 잡았으니 클릭만 하면 모든 게 이루어지는 것이다.

「전용 위성이다. 오직 사용자를 위한 그게 우주를 떠다닌다.」

딸칵!

끝내 현준은 결제 버튼을 클릭했다.

곧 결제가 완료되었다는 창 하나가 튀어나왔다.

「잘 선택했다, 사용자여.」

"그래, 이건 투자니까. 왠지 약을 산 기분이지만, 잘한 거겠지?"

「백 번이고 천 번이고 잘한 일이도다.」

"하하. 웬일로 네가 날 칭찬하네."

「나 메시아는 사용자를 서포트하는 걸 최고의 긍지로 여기노라.」

"하하하, 자식……."

일은 일사천리로 진행되었다. 현준은 근처의 사용하지 않는 차고를 빌려다가 메시아의 작업장으로 삼았다. 위성을 만들기 위한 재료가 도착하고 메시아는 일주일 정도 자신을 찾지 말라는 당부와 함께 자리를 옮겼다.

삼 일 뒤, 작업 상황이 궁금해진 현준이 차고를 찾았다. 지이잉― 거리는 소리가 요란했다. 메시아는 거미의 형태를 하고 있었는데, 여덟 개의 발에서 불꽃이 발사되었다. 그 불꽃을 이용해 용접하며 메시아는 위성을 만들어 나가는 중이었다.

'거참, 신기한 놈일세.'

혼자서 척척 위성을 만드는 모습이 대견스럽기까지 했다. 거침없이 움직이는 것을 보아 실패할 일은 없을 것 같았다.

뒷짐을 진 채 차고를 나온 현준이 C지구로 향했다. 현상범을 쫓고 싶어도 좀처럼 일이 잡히지 않았다. 그렇다고 집에 있자니 위성의 완성도가 궁금해 참을 수가 없었다.

'오천만 원이나 들어간 작업이니까.'

신경이 쓰이는 것도 당연했다.

아무래도 위성이 완성되기 전까진 마음을 다스리며 일상을 보내는 게 좋을 듯싶었다.

C지구에 도착한 현준은 전망이 좋은 카페를 찾았다. 카페 2층의 테라스 쪽 자리를 차지한 현준은 식탁 위의 붉은색 버튼을 눌렀다. 그러자 곧 버튼을 통해 메뉴가 적힌 홀로그램이 흘러나왔다.

메뉴판을 훑던 현준은 눈살을 찌푸릴 수밖에 없었다.

'무슨 놈의 커피가 이따위로 비싸?'

가장 싼 커피가 오천 원이나 했다. A지구에 있을 때에야 훨씬 비싼 커피를 물처럼 마셨다지만 지금은 상황이 전혀 달랐다.

그러나 오래간만에 아무런 예정 없이 거리로 나왔다. 가족과 오붓한 시간도 좋지만 최근 몇 년간 혼자서 이런 식의 여유를 가져본 적이 없었다.

'자릿세라고 생각하자.'

가게가 끝날 때까지 자리를 고수하겠다는 작정으로 현준은 가장 싼 아메리카노 한 잔을 주문했다.

이후 턱을 괴며 현준은 테라스 아래를 바라봤다.

"좋구나."

가만히 사람들이 지나는 모습을 보는 것만으로도 뭉친 무언가가 풀리는 기분이었다. 비록 구역 간의 차별이 존재한다지만 현준은 그런 걸 따지기보다 그냥 세상 흘러가는 광경을 가만히 지켜보고 싶었다.

한국으로 돌아온 이후 몇 달간 쉴 새 없이 달려왔다. 몰락한 집안, 주민등록조차 없는 이의 서러움, 아버지도 허리가 좋지 않아 크게 위험할 뻔했지만, 어찌 잘 해결해 나가고 있었다.

능력을 얻고, 운명처럼 현상범을 마주치고, 메시아를 얻었다. 물 흐르듯 자연스러운 이 흐름이 현준은 하늘의 계시처럼 느껴졌다.

'이 모든 게 하늘의 계시라면 신은 나한테 뭘 시키려고 그러는 걸까?

모든 것은 우주의 빛나는 돌덩이를 만지면서 시작되었다. 그때부터 수레바퀴가 제대로 돌기 시작한 것 같았다. 비록 화염을 내뿜는 능력이 전부지만 그 위력은 상상을 초월했다.

'범죄자들 다 때려잡으라는 걸까?

현준은 피식 웃고 말았다. 국외유학 중에도 나쁜 놈에게 누명을 써서 교도소에 갇혔다. 지금은 그런 나쁜 놈들을 능력을 써가며 잡고 있었다. 그러다 보니 그런 방향으로밖에 생각이 들지 않았다.

"오랜만에 만났는데 커피 한 잔은 해줘야지."

"커피값은 네가 내는 거냐?"

"……"

그때였다. 거대한 존재감과 함께 세 명의 사람이 테라스로 들어왔다. 두 명은 덩치가 산만 한 험상궂은 인상의 남자였고, 또 다른 한 명은 현준에게도 눈에 익은 여자였다.

'방해꾼!'

현준은 급히 고개를 돌렸다. 다신 볼 일이 없으리라 생각한 방해꾼이 난데없이 나타났다. 아직까진 현준을 알아차리지 못한 것 같았다.

테라스에는 꽤 많은 사람이 몰려 있었다. 눈에 띌 일만 하지 않으면 저 여자에게 걸리는 일은 없을 터였다.

"주문하신 아메리카노 나왔습니다."

"아, 예……"

손으로 얼굴을 가린 채 아메리카노를 받은 현준이 그 자세 그대로 굳었다. 여기서 일어났다간 즉시 걸릴 게 분명했다.

"저런 여자가 이 근처에 있었던가?"

"한 번 작업해봐?"

수컷의 본능이란 어쩔 수 없나 보다. 한 테이블에서 방해꾼 여자를 노리고 입술을 훑는 두 명의 남자가 있었다.

이 세상은 외견이 전부가 아니거늘. 현준은 작게 고개를 저어댔다.

'간덩이 부은 것들. 저년이 어떤 년인 줄 알고!'

그 작업이라는 걸 했다간 팔목이 사라질 수도 있었다.

"에이, 됐다. 임자 있겠지."

"저 두 명 중에 있으려나? 하, 부럽다."

다행히 여자와 함께 온 우락부락한 동료를 보고 마음을 접은 것 같았다.

"아린 양은 여전히 인기 절정이네."

"괜히 우리 길드의 얼음 꽃으로 불리겠냐."

새롭게 안 사실이었다.

방해꾼 여자의 이름이 아린인 듯싶었다.

"시끄러워."

아린은 아미를 살짝 찌푸리며 말했다.

"그나저나 추천인은 다 정했어?"

"추천인? 아, 이번에 새로 받을 신입?"

아랑곳 않고 두 남자가 대화를 시작했다.

"어중간한 애들 추천했다간 그대로 죽어나갈 텐데 마땅한 인재가 없단 말이지."

"우리 자존심도 걸린 일이라 아무나 선택할 순 없지. 하늘에서 안 떨어지려나, 실력 좋은 놈."

한 남자의 시선이 아린에게 향했다.

"아린 양은 어때? 이번에도 기권이야?"

"그런 거에 전혀 관심 없잖아. 기권이겠지, 뭐 당연한 걸 물어."

"추천인이 입단하면 길드에서 입지도 올라가고 좋다고. 시작부터 포기하긴 아깝잖아."

아린은 여전히 무뚝뚝하기 그지없는 어조로 말했다.

"있어. 추천인."

"진짜?"

"누군데?"

두 남자는 매우 놀란 기색이었다. 아린이 정식으로 입단하고 1년. 추천인을 고른 적이 한차례도 없었기 때문이다.

아린은 고개를 돌렸다.

"저 사람."

······그리고 현준을 바라봤다.

제7장

폴라리스

푸흡!

현준은 그만 마시던 커피를 뿜었다.

못 알아본 게 아니었던 건가?

아린의 눈은 분명히 현준을 향하고 있었다.

'당황하지 않고······.'

최대한 침착하게 아메리카노 옆에 놓인 휴지로 입가를 닦는
다. 이후 아린을 향해 씽긋 웃어주며 자리에서 일어난다.

"쎄트 헤 봉!"

칭찬도 잊지 않는다.

프랑스어로 아주 맛있다는 뜻이었다.

'좋아. 자연스러웠어.'

한국인처럼 보이진 않았을 것이다.

"아린 양, 외국인인가 본데?"

"정말 저 사람 맞아? 엄청 약해 보이잖아."

내심 안도의 한숨을 내쉬었다. 다행히 먹혀든 것 같았다.

현준이 막 카페테라스를 벗어나려 하자 아린이 앞길을 막아섰다.

현준은 미소를 유지한 채 말했다.

"봉주흐, 보떼!"

반갑소, 아름다운 여자여!

득의양양한 표정을 지었다. 고작 몇 표현을 아는 게 전부이긴 했지만, 이 무식한 여자가 프랑스어를 알 리 없다고 생각했다.

아린의 입꼬리가 아주 살짝 위로 올라갔다.

"드 히앙. 뿌의—즈 드멍데 보트흐 농?"

"……."

"이름이 뭐야."

"……박현준이다."

"난 아린이야."

"외자 이름?"

"응."

"그렇군."

"린이라 불러."

테라스에 있는 모든 이의 이목이 쏠리고 있었다.

특히 아린과 함께 온 두 남자는 눈을 동그랗게 뜨고서 현준을 바라보는 중이었다.

"드문 일인데. 남자한테 아린 양이 외자 이름으로만 부르게 허락하는 건."

"자기보다 강한 사람 아니면 절대 그렇게 못 부르게 하지."

현준의 외견은 평범, 그 자체였다. 특별히 모나지도 특출나지도 않았다.

"에이, 설마?"

두 남자는 이내 피식 웃고 말았다. 그들 역시 아린과 싸웠다가 대판 깨진 적이 있기에 아린의 실력이 얼마나 대단한지 잘 알았다. 저런 이가 아린을 이겼을 리 없었다.

현준은 한숨을 내쉬었다. 이런 곳에서 능력을 선보일 순 없고, 기가스 보스를 때려잡던 아린의 움직임을 떠올리면 그냥 지나치는 것도 불가능할 듯싶었다.

"이봐, 우리가 아주 좋은 인연으로 만난 것도 아니지 않나? 좋은 말 할 때 비켜."

한 번 된통 당한 적이 있으니 겁을 주면 통하지 않을까 싶어서 분위기를 잡아보았다.

"나, 현상금 사냥꾼."

예상대로 씨알도 먹히지 않았다.

아린이 자신을 가리키며 그렇게 말한 것이다. 이어서 테이블에 앉은 동료를 손가락으로 가리켰다.

"저기 둘도 현상금 사냥꾼."

테이블에 앉은 두 남자가 현준을 향해 손을 흔들었다. 우락부락한데다 얼굴도 험상궂어서 웃는 게 웃는 것 같지가 않았다.

마지막으로 아린이 현준을 가리켰다.

"너도 현상금 사냥꾼."

"그게 뭐?"

부정은 안 했다.

"가입한 길드 있어?"

"길드?"

"없으면 가입 추천."

"일 없다."

아린이 차분하게 말했다.

"길드 들어오면 세금 적게 내도 돼. 입단 시 10%, 계급 상승 시 추가금 지급."

대부분의 일에 세금이 끼었다. 그것도 등급이 낮을수록 더 많이 붙었다. 현상범에게 붙는 22%는 그나마 굉장히 낮은 측에 속했다.

"신종 피라미드냐?"

하지만 쉽사리 믿을 수 없는 것도 사실이다.

"피라미드 아닌데."

"그런데 그게 어떻게 가능해?"

"대신 아무나 안 받아. 실력 좋은 사람만."

현준은 의심의 눈초리를 거두지 않았다. 처음부터 혹할 조건을 제시하는 사람은 경계해야 한다. 아닐 수도 있지만 사기꾼일 가능성이 농후했다. 그들의 레퍼토리는 대개 비슷하다. 원래 잘 안 알려주는 거라며, 특급 정보라며 은근슬쩍 귀를 팔랑대게 하는 것이다.

현준의 표정을 본 아린이 주문 데스크로 다가가 펜을 쥐었다. 그리고 옆에 놓인 메모지에 무언가를 적어서 돌아왔다.

"생각 있으면 전화해."

메모지에는 숫자가 적혀 있었다. 현준은 건네받은 메모지와 아린을 번갈아 쳐다보았다.

그러거나 말거나 아린은 여전히 마이 페이스를 유지한 채 본래 자리로 돌아갔다.

'현상금 사냥꾼 길드라…….'

예쁘지만 이상한 여자라는 인식은 여전했다. 그러나 그녀가 제시한 그 조건이라는 것은 상당히 혹할 만하였다. 사실 현준도 정부에 내는 세금이 아깝다고 여기고 있었던 것이다.

여하튼, 큰 소란 없이 돌아갈 수 있다는 데 만족했다. 또 저번처럼 칼부림한다면 곤란해질 뻔했다.

'돌아가서 생각해야겠군.'

몸을 돌려 현준은 카페를 나왔다.

현상금 사냥꾼 길드.

그런 게 진짜로 존재하는지 돌아가서 확인을 해봐야 할 것 같았다.

"아린 양, 혹시 그 존재만 알지 아무도 모른다는 전설의 전화번호를 저 남자에게 전해준 거야?"

"어쩌면 들고만 다닐 뿐이지 엄마나 아빠 번호도 없으리라 여겨지는 그 전설의?"

우락부락한 두 남자가 놀란 듯 거칠게 숨을 내뱉었다. 아린이 누군가를 추천인이라 말한 것도 처음 있는 일이었지만, 전화번호를 알려주는 장면 역시 처음 보는 것이었다.

현상금 사냥꾼 길드라는 그 특성상 남자의 비율이 높을 수밖에 없는데, 어디에 내놔도 여신 소릴 들을 만한 여인이 그곳에 입단했으니 수많은 남정네의 심금을 울릴 것은 당연지사다. 그녀에게 고백하지 않은 남자가 없으나 모두 깔끔하게 격침당했다.

"헛소리 말아."

아린은 주문한 아메리카노를 홀짝이며 말했다.

그럼에도, 두 남자의 흥분은 사라질 줄 몰랐다.

"하여간 알려줬다는 거 아니야?"

"내가 그렇게 알려달라 할 때는 안 알려주더니."

아린은 고개조차 돌리지 않고서 입을 열었다.

"나보다 약하잖아."

아린에게 사람으로 대우받으려면 몇 가지 필요조건이 있었다. 그중 가장 첫 번째에 오르는 게 아린 본인보다 강해야 한다는 것이었다. 길드에 속한 대부분 이들이 이 첫 번째 조건조차 갖추지 못했다.

"그거야 아린 양이 너무 강하니까……."

"내가 실력이 없는 건 절대 아니라고."

두 남자는 억울하다는 듯이 하소연했으나 아린은 들은 체도 하지 않았다.

"그 남자도 딱히 강해 보이진 않았는데 말이야."

"솔직히 남자가 몸이 그게 뭐냐. 자고로 남자라면 나 정도는 되어야지!"

이어 두 남자가 근육 자랑을 시작했다. 옷이 터질 듯 부풀어 오른 그 근육을 바라보며 아린은 눈살을 찌푸렸다.

"징그러워."

"징그럽다고?"

"아직 어려서 그래. 나이가 조금 더 들면 이게 진정한 아름다움이란 걸 깨닫게 될 거다!"

핏줄이 서도록 힘을 잔뜩 주며 두 남자가 아린을 향해 근육을 선보였다. 아린은 아예 고개를 돌려 버렸다.

"그리고 그 남자, 안 약해."

고개를 돌린 상태 그대로 아린이 말했다.

"혹시 전신개조자야?"

"……모르겠어. 약하진 않아."

어지간한 개조자도 무참히 도륙해 버리는 게 아린이었다. 그녀의 아버지는 용병이었고, 그를 따라 어려서부터 전장을 전전했기에 아린은 굳이 확인하지 않아도 개조자를 가려낼 수 있었다. 냄새나 움직임 등을 통해서 말이다.

그런 그녀조차 현준이 개조자인지 아닌지 확답을 내릴 수가 없었다. 그녀가 본 현준은 마치 불, 그 자체인 것 같았다. 온몸에 화염을 두른 모습은 불의 화신을 연상케 했다.

"전신개조자라면 특수한 소재를 사용했나 보군. 일반적인 합금이 아니라……."

전신개조자도 개조하는 재료에 따라서 급이 나뉘었다. 기가스의 보스 같은 경우는 매우 양호한 수준이었다. 아예 전신을 무기로 도배한 경우도 없지 않았다. 심지어 특수한 재료를 사용해 에너지 장을 발산하는 이들도 존재했다.

"전신개조자라는 느낌은 안 들었어."

"그런데도 강하다고?"

평범한 인간이 강해지는 데에는 한계가 뚜렷했다. 아린조차 특수한 검을 써야만 전신개조자를 상대할 수 있었다. 하지만 일반적인 개조자는 아린에게 전혀 상대가 되지 못한다.

아린은 입술을 깨물며 말했다.

"손가락 하나 못 댔어."

"……?"

"싸웠는데, 손가락 하나 못 댔어."

두 남자는 매우 놀랄 수밖에 없었다. 전신개조자도 아닌 주제에 아린이 손가락 하나 못 댔다고 한다. 믿기지 않는 일이었다.

잠시간 부딪혔을 뿐이지만 아린은 현준이 가진 힘의 위력을 보았다. 전장을 전전했기에 그가 얼마나 강한지도 대충 감을 잡을 수 있었다.

"어쩌면 마스터만큼 강해."

"뭐?"

"그게 무슨!"

이어서 꺼낸 아린의 말은 두 남자에게 거센 태풍과 같은 충격을 전해주었다.

길드의 마스터는 적어도 그들에게 있어서 전설적인 존재다. 길드를 창립하고 수많은 범죄자에게 공포의 상징이 된 인물. 잡기가 불가능하다고 여긴 특급의 범죄자들도 상당수가 그의 손에 잡혀 사형을 당하지 않았던가.

잘못 보았을 것이다. 아무리 그녀가 상대와 자신의 힘을 재는데 특출 나다지만 감히 마스터와 그딴 남자를 비교할 수는 없었다.

'아닐 수도 있고.'

현준이 선보인 능력은 도통 감을 잡을 수가 없었다.

두 남자가 충격에 빠져 있을 그때, 아린은 자리에 앉아 조용히 아메리카노를 마셨다.

*　　　*　　　*

F지구로 돌아온 즉시 현준은 메시아를 찾았다.

차고의 자물쇠를 열고 들어가자 메시아가 분주하게 움직이고 있었다.

완성된 위성의 껍데기도 보였다. 아직 안이 채워지진 않았지만 저게 토대가 될 것이다.

현준이 다가가자 메시아가 거미의 모습을 한 그대로 현준을 향해 걸어왔다.

「나를 찾지 말라 했을지어다.」

메시아가 놀랍게도 말을 했다.

메시아의 본신에는 말을 하는 기능이 없다. 때문에 컴퓨터의 화면이나 스피커를 빌려서 뜻을 전할 수밖에 없었다.

"응……?"

「더욱 완전해지고자 한 번 추가해 보았도다.」

현준의 의아함을 읽고 메시아가 먼저 말했다.

"몇 가지 필요 없어 보이는 부품이 있더니만, 네가 쓰려고 한 거였구나."

인공위성을 만드는 데 군이 필요 없을 것 같은 몇 가지 재료들도 아마존을 통해 사들인 것이다. 그중에는 메시아가 자신의 스펙을 개선시키기 위한 재료도 포함되어 있었던 듯싶었다.

「사용자와의 소통을 위해서다. 사용자가 필요 없다 여기면 즉시 돌려보내겠노라.」

"아냐. 잘했어."

「그럼 다행이도다. 무슨 용무더냐?」

"현상금 사냥꾼 길드라는 게 진짜 있는지 궁금해서 말이야."

메시아는 거침없이 말했다.

「이곳 나라에 다섯 개 정도가 있도다.」

"진짜 있는 거였어……? 아니, 그보다 알고 있으면 좀 알려 주지 그랬어?"

컴퓨터 본체와 연결되지 않은 상태이니 지금 정보를 검색한 건 아닐 터였다. 그렇다면 미리 알아놓은 것이라는 소리인데, 알고 있으면서 알려주지 않은 게 괘씸했다.

「다섯 곳 모두 음지에 존재하노라. 그들이 먼저 접선하기 전에는 찾기 어렵다. 사용자가 묻기 전에는 알려주지 않는 편이 낫다고 판단했다.」

메시아 나름의 이유는 있었다.

하긴, 알았다고 해도 머리만 복잡해졌을 것 같았다.

현준은 주머니 안을 만지작거렸다.

주머니 안에는 아린이 건넨 메모지가 들어 있었다.

"실은 그 접선을 해왔거든."

조금 늦게 메시아가 답했다.

「……그건 또 뜻밖이로다. 그 정도로 그 세계에서 사용자의 이름이 유명해졌을 줄은 몰랐도다.」

"유명해지면 접선하는 거야?"

「그런 걸로 알고 있다.」

사실 현준이 유명해져서 접선해 왔다기보단, 아린과 부딪혀서 억지로 이어진 결과물이라 보는 게 옳았다.

"다섯 개 길드들의 특징은 어때? 모두 믿을 수 있는 곳인가?"

현준은 진지하게 물었다.

길드가 실재한다면 남은 문제는 그들의 신뢰도에 관한 것이었다.

「자세한 정보는 알려진 바가 없지만, 각각 섬광, 푸른 양, 암흑 사냥꾼, 다크맨, 오로라라는 이름으로 활동하고 있도다. 그중 가장 추천하는 곳은 섬광 길드니라. 유일하게 그곳만이 정부에서도 인정하는 자타공인의 현상금 사냥꾼 길드이기 때문이다. 그만큼 신뢰도 면에선 압도적이다.」

그러고 보니 아린에게 길드의 이름을 묻지 않았다. 길드가 실재하는지조차 반신반의하고 있었던 탓이다. 현준은 아쉬움을 뒤로하며 물었다.

"가장 못 믿음직한 곳은?"

「오로라다. 범죄자가 운영하는 곳이니 믿음이 갈 리가 없도다.」

"길드 마스터가 범죄자란 소리야?"

「15년 전 수십의 특수군인과 마을 하나가 통째로 사라진 일이 있도다. 오로라의 길드 마스터가 그 범인이며 당시 책정된 현상금이 30억이니라.」

"30억……!"

현준은 잠시 넋이 나간 표정을 지어 보였다. 잘못 들은 건가 생각도 해봤지만 그럴 리는 없었다. 30억이라니. 듣지도 보지도 못한 액수의 현상금이었다.

10년을 모아도 가능할까 싶은 거금이다. F지구는 물론 B, 어쩌면 A지구의 문턱까지 가는 것도 가능할 것이다. 오로라의 마스터 한 명만 잡으면 인생역전도 꿈은 아닐 듯싶었다.

당연히 지금 겪는 모든 생활고와는 안녕이다. 장기적으로 잡은 계획을 순식간에 끝낼 수 있을 터였다. 현준의 눈이 초롱초롱하게 빛났다.

「꿈 깰지어다. 그만한 액수가 걸리고 15년 동안 못 잡았다면 다 이유가 있는 것이니라.」

메시아가 상상의 나래에 찬물을 끼얹었다.

현준은 어깨를 으쓱했다.

"그거야 기회가 닿으면 잡는 거지."

「사용자여. 용기는 가상하나 때로는 그게 독이 될 수도 있도다. 만용이란 말의 의미를 아느냐?」

"내가 언제 분별없이 날뛰었다고 그래?"

현준은 최근 자신감이 넘치는 상태였다. 전신개조자를 잡으면서 그 자신감은 더욱 업그레이드되었다. 보다 급이 높은 범죄자도 쉽게 잡을 수 있으리라 확신하는 중이었다.

오로라의 마스터. 특수군인 수십을 죽였다는 게 걸리긴 했다. 대테러, 전신개조자들을 상대하고자 만들어진 게 특수군인이었다. 하지만 자신의 능력이 부족하다 생각진 않았다.

조심하긴 할 것이다. 미치지 않고서야 마구 날뛸 리가 없다. 그래도 기회가 생긴다면 최대한 신중하게 행동하며 한탕을 노려도 괜찮을 것 같았다.

「오로라는 피할 것을 권한다. 사용자에게 접선한 길드가 어느 곳인지 아는가?」

"아직 몰라. 권유만 받았을 뿐이야."

「조금 더 신중히 다가갈지어다.」

"걱정도 태산이다."

현준은 피식 웃었다. 아린이 권유한 길드가 어디인지는 모르지만 설마 오로라이겠는가.

이어서 현준은 나머지 길드에 대한 정보를 귀담아들었다. 그래 봤자 현상금 사냥꾼 길드 자체에 관한 정보가 알려진 게 거의 없어 수박 겉핥기식이 될 수밖에 없었지만 아예 무지한 것보단 백배 나았다.

현준은 아린과 약속 예정을 잡았다. 현준이 현상금 사냥꾼을 자처하는 이상 언젠가는 그들과 부딪힐 수밖에 없다. 피할 수 없다면 우선은 탐색이다. 길드가 어떠한 형태로 존재하고 자신에게 얼마나 이득이 되는지 따진 후 모든 걸 결정할 작정이었다.

약속장소는 이전 만났던 카페의 2층 테라스였다. 도착하니 아린이 커피를 홀짝이며 아래를 바라보고 있었다. 그 자체가 한 폭의 그림과 같은지라 주변 남성들의 시선이 자연스럽게 쏠렸다. 하마터면 현준도 하염없이 아린을 바라보고 있을 뻔했다.

'정신 차려, 인마!'

지나치게 차가운 표정 덕택일까. 남자들은 넋을 놓고 아린을 바라봤지만 다가가지 않았다. 마치 절벽 위의 꽃을 대하는 느낌이었다.

현준은 한차례 뺨을 두드리며 아린이 앉은 테이블로 향했다.

"일찍 왔네?"

맞은편에 앉은 채 현준은 말했다. 10분 정도 빨리 나왔는데 아린은 그보다 훨씬 전에 나온 기색이었다. 1g가량의 미안함을 담아 말하자 아린이 대수롭지 않은 듯이 답했다.

"별로……."

"사람구경 중이야?"

"응."

현준은 고개를 끄덕였다.

"아무런 시름 없이 그냥 바라보고만 있어도 좋지, 가끔은."

아린은 테라스 바깥에서 시선을 떼지 않았다. 정신이 한참 팔려 있었다.

고개를 저은 현준도 아린이 보는 방향으로 시선을 옮겼다. 공작새와 같이 화려한 옷을 입고 친구들과 어울려 노는 젊은 여인들이 그곳에 있었다.

반면 아린이 입은 옷은 수수하기 그지없었다. 아무런 무늬도 없는 흰색 티와 흰색 바지를 입고 염주를 엮어 만든 팔찌를 찼다. 머리는 전과 마찬가지로 길게 땋은 댕기머리 스타일을 고수했다. 단순한 맛이 더욱 돋보이는 조합이지만 확실히 발랄한 생기가 느껴지진 않았다.

현준은 마음을 급하게 가지지 않았다. 시간은 많았다. 가만히 테라스 바깥쪽에 시선을 고정했다.

웬만한 사람은 어색한 이와 만났을 때 그 정적을 참지 못한다. 하지만 현준은 북극에서 수없이 그런 경우를 겪었다. 누나탁, 또 다른 사냥꾼들과 사냥을 나가면 반나절 이상 입을 닫고 있는 때가 잦았다. 만난 지 얼마 안 될 당시에야 어색함이 없지 않았지만, 신기하게도 금세 적응할 수 있었다.

일전에는 아린과 그녀의 동료 덕분에 느긋한 시간을 가질 수 없었다. 어느새 현준은 아린의 존재마저 잊었다. 무념무상의 세계로 빨려들어갔다.

"……관음증?"

"아니야."

시간이 얼마나 흘렀을까. 아린의 목소리를 듣고 현준은 상념에서 깨어날 수 있었다.

아린은 현준을 쳐다보며 물었다.

"길드에 들어올 거야?"

현준은 작게 고개를 저었다.

"내가 들어가고 싶다고 들어갈 수 있는 곳이 아니잖아? 아무나 들이지 않는다면 테스트를 본다는 말일 텐데."

"낙승."

"과대평가해 줘서 고맙네."

"들어올래?"

아린이 빈 커피잔을 현준에게 내밀었다. 어쩐지 아이들에게 사탕을 쥐여 주며 따라오라 말하는 나쁜 할아버지를 보는 것 같았다.

"몇 가지 물어보자. 길드 이름이 뭐야?"

가장 먼저 파악해야 할 점이었다. 이름만 알면 메시아에게 들은 정보를 토대로 가려낼 수 있었다.

"길드."

"그게 이름일 리 없잖아."

"폴라리스?"

"어째서 의문형이야?"

"폴라리스."

확실한 것 같았다.

현준은 내심 고개를 갸우뚱했다. 국내에 있는 다섯 개의 길드 중에 폴라리스라 명칭 되는 곳은 없었다.

"언제 생긴 곳이지?"

"유구한 역사를 자랑."

무척 오래되었다는 뜻이었다.

'알려지지 않은 곳인가 보네.'

현준은 대수롭지 않게 생각했다. 메시아도 잡아내지 못한 곳이 있을 수도 있었다. 제 딴에는 자신을 만능이라 칭하지만 아무리 봐도 만능까진 아니었다.

"좋아. 내가 들어간다고 쳐. 현상범에게 붙은 세금을 줄여

준다는 건 충분히 매력적이야. 그런데 그것뿐이면 안타깝거든. 길드에 들어간다는 건 결국 내가 가진 것도 조금은 희생해야 한다는 말이잖아? 그게 공동체라는 거니까."

"현상범 정보 공유."

"그 정도로는 안 돼."

현상범을 쫓는 건 메시아만 있어도 충분했다.

아린은 미간을 찌푸렸다.

"원하는 게 뭐?"

"일단 안전한 수입의 보장."

현상금 사냥꾼은 현상범을 잡아 생계를 유지한다. 현상범을 잡지 않으면 백수와 다를 바가 없었다. 만약 현준에게 일이 생겨 현상범을 잡지 못할 때, 그를 대비한 고정적이고 안전한 수입이 필요했다.

"월급?"

"그 비슷한 거지."

"4계급 이상 길드원한테는 매달 품위 유지비 지급해."

품위 유지비?

대단한 사람에게나 지급된다는 그 돈이 길드의 특정 계급에 오르면 들어오는 모양이었다.

"계급이 오르면 월급을 준다는 거지? 지금 너는 무슨 계급인데?"

"2계급. 내 품위 유지비는 500만 원."

"좋아. 품위 유지비만 지급되나?"

"바라는 게 많아."

현준은 꿈쩍도 하지 않았다.

도리어 당당하게 말했다.

"다다익선. 많을수록 좋다."

"……나머지는 하기 나름. 마스터 깐깐한 사람 아니야."

계급을 올려야 한다는 조건이 존재하지만, 안전한 수입도 노려볼 수 있다는 걸 알게 되었다.

현준은 턱을 쓸었다.

'나무랄 데 없군.'

물론 좋은 점만 있을 수는 없었다.

장점이 있으면 단점이 있게 마련이다. 그것이 순리라는 것이었다.

"내가 길드에 해줘야 할 일은?"

"1년에 한 번 정도 벌어지는 대규모 사냥에 의무적으로 참여할 것. 길드가 위험에 처했을 시 발 벗고 나설 것. 나머지는 자유."

"그게 다야?"

"응."

그나마 있는 단점이라는 것도 장점을 상쇄할 수준은 되지 않았다.

"테스트는? 무슨 테스트를 보는 거지?"

"매년 달라. 올해는 나도 몰라."

"작년에는 뭐였어?"

"지정한 현상범 잡아오기."

과연 현상금 사냥꾼 길드라 칭할 만했다. 테스트라는 것도 그와 관계된 것인 듯싶었다.

'어려울 것도 없겠다.'

다른 사람은 몰라도 현준은 자신 있었다. 작년과 비슷한 테스트가 행해진다면 길드에 들어가지 못할 이유가 없다.

잠시 눈을 감은 현준이 득실을 따져보았다. 그러나 아무리 생각해도 길드에 들어가는 게 득이라는 것은 불 보듯 뻔했다.

눈을 뜬 현준이 말했다.

"좋아. 그 추천인인지 뭔지, 되어줄게."

"응."

대답이 시원하다.

현준이 바란 반응과는 거리가 멀었다.

어쨌든, 추천인 문제가 일단락되자 한숨 놓였다. 길드를 찾아가 봐야 더욱 정확해질 테지만 당장 마음에 들지 않는 점은 없었다.

'원래 이런 여자애인가 보네.'

처음에는 방해꾼이라 생각했지만 지금은 그런 감정이 많이 희석된 상태였다. 같은 업종에 종사하다 보면 우연히 잡을 대상이 겹칠 수도 있는 것이다.

다짜고짜 검을 휘두른 일은 아직 앙금이 남아 있었지만 4차원적인 마인드의 소유자이니 넘어갈 수 있었다. 앞으로 같이 일하게 될 수도 있었고…… 홀홀 털어버리는 편이 나을 것 같왔다.

장난스러운 미소를 지으며 현준은 말했다.

"그런데 너 몇 살이야? 딱 봐도 내가 더 나이 많아 보이는데 어째 말이 짧다?"

"스물."

"한참 어리구먼. 오빠라고 불러."

"싫어."

"싫은 게 어딨어? 자, 따라 해봐. 오빠!"

"……."

폴라리스 길드는 D지구의 음습한 곳에 자리하고 있었다. 사람의 왕래가 거의 없는 구석 건물 하나를 통째로 사용하는 듯싶었다.

안에 들어가자 상당한 숫자의 사람들이 시야에 들어왔다. 내부는 바(Bar) 같이 꾸며져 있었는데 술을 마시거나 이야기를 나누거나 도박하는 이가 많았다.

그들은 아린이 들어오자 단번에 시선을 돌렸다. 이후 하나같이 놀란 듯 외쳤다.

"얼음 꽃이 남자를 데려왔다!"

"미친! 저 새끼는 뭐하는 놈팡이야?"

"죽여 버릴 테다!"

분노에 찬 음성을 내던지는 쪽은 주로 남자들이었다. 여자들의 반응은 판이했다.

"귀엽게 생겼네. 오늘 누나랑 놀래?"

"아린이가 드디어 남자 맛을 알게 되었구나."

"처음 보는 아이인데?"

현준은 눈을 깜빡였다. 현상금 사냥꾼이니 정상적인 사람들이 많으리라 여기지는 않았지만 어쩐지 조직폭력단에 들어온 기분이었다.

아린은 아랑곳 않고 움직이며 바 안에 있는 바텐더에게 다가갔다.

"바텐더. 내 추천인이야. 등재해 줘."

흰머리와 수염이 인상적인 정장 차림의 노인이 가볍게 웃었다.

"네가 추천인이라니. 처음 있는 일이구나. 흠……."

바텐더의 시선이 현준에게 닿았다.

이윽고 그가 손을 내밀며 말했다.

"우리 오로라 길드에 온 걸 환영하네, 젊은이."

"예?"

"오로라 길드에 온 걸 환영……."

아린이 옆에서 정정해 주었다.

"폴라리스."

바텐더가 자신의 머리를 한 대 때렸다.

"아! 노인네가 정신이 없었군. 우리 폴라리스 길드에 온 것을 환영하네, 젊은이."

현준은 내민 손을 잡는 것도 잊은 채 말했다.

"오로라라니, 그게 무슨 말입니까?"

"올해 이름을 바꿨지. 오로라에서 폴라리스로. 왜 그러나?"

메시아가 말한 가장 유의해야 할 길드, 오로라.

설마 올해 그곳이 폴라리스로 개명했을 줄은 상상조차 하지 못했다.

현준은 복잡한 표정을 지어 보였다.

30억짜리 현상범이 운영하는 길드에 본의 아니게 발을 들이게 된 것이다.

*　　　*　　　*

"……?"

바텐더가 반응 없는 현준을 의아하게 바라봤다. 그 시선을 깨닫고 현준이 순간 미소를 띠며 바텐더가 내민 손을 마주 잡았다.

"아무것도 아닙니다. 반갑습니다. 저는 현준이라고 합니다."

여기서 괜한 오해를 샀다간 죽도 밥도 안 되는 수가 있었다.

'오로라, 오로라란 말이지.'

하지만, 속내는 전혀 달랐다.

우연도 이런 우연이 다 있단 말인가.

메시아는 위험하다며 만류했지만 현준은 이번 일이 기회가 될 수도 있다고 생각했다.

'30억……!'

길드 마스터의 몸값이 무려 30억 원이었다. 군침이 당길 수밖에 없었다.

물론 의아한 부분은 있었다.

'그런데 진짜 범죄자일까?'

범죄자가 범죄자를 넘기는 데 아무런 제재 없이 현상금을 내주는 게 이상하다. 뭐가 됐든 연유가 있는 게 분명했다. 그것을 확실히 알지 않으면 섣불리 움직일 수 없었다.

'범죄자면 잡고, 아니면 생각 좀 해보자.'

이럴 때 쓰라고 메시아가 있는 것이다. 현준은 집으로 돌아가거든 메시아에게 이곳 길드 마스터에 대한 정보를 상세히 듣자 다짐했다.

"손이 아프네만."

"아차…… 죄송합니다. 손이 정말 크시군요."

손을 뗀 현준이 머리를 긁적였다. 바텐더는 별 희한한 놈 보겠다는 듯한 눈초리로 현준을 바라봤다.

"바텐더. 우유 줘."

마침 아린이 자리에 앉으며 말했다.

"우유 비싸다. 차라리 맥주를 마시거라."

"맛없어."

아린은 바텐더의 요구를 깔끔하게 묵살했다. 바텐더가 고개를 내저으며 우유를 내왔다.

잔에 나온 우유를 아린은 작은 토끼가 물을 마시는 것처럼 조금씩 마셨다.

"술은 안 마시나 봐, 동생?"

그 옆에 앉은 현준은 장난기 어린 미소를 지으며 말했다. 아린이 현준을 흘겨봤다.

"내가 선배야."

"아직은 아니잖아? 아니면 뭐야, 벌써 선배 행세하려고? 말높여 드릴까?"

"……됐어."

아린이 고개를 돌렸다.

'귀엽네, 녀석.'

외견은 아름답기 그지없다. 표정도 차갑다. 하지만 하는 행동이 엉뚱하다. 가만히 보고 있자면 절로 웃음이 나왔다.

현준의 시선을 느꼈는지 아린이 작게 한숨을 내쉬며 다시 고개를 돌렸다.

"뭘 봐?"

"맛있게 마시길래."

아린은 한 칸 옆으로 자리를 옮겼다. 그리고 몸을 돌려 현준이 볼 수 없게 한 후 우유를 마시기 시작했다.

'나도 목이 마르네.'

현준은 바텐더를 향해 말했다.

"맥주 좀 부탁합니다."

"잠시만 기다리게."

얼마 지나지 않아서 바텐더가 큰 잔에 맥주를 따라 건네줬다. 커다란 술통 안에 든 맥주라 맛은 크게 기대하지 않았다.

꿀꺽!

"크……."

맥주를 마신 현준의 눈이 커졌다.

기대하지 않았는데, 목 넘김이 좋다. 뒷맛도 전혀 씁쓸하지 않았다.

바텐더가 웃었다.

"맛있지?"

"끝내주는데요?"

고개를 끄덕일 수밖에 없는 맛이었다. 감히 일품 (一品)이라 해도 부족함이 없다.

"내가 직접 발효시켰다네."

"어쩐지!"

현준은 엄지를 추켜세웠다.

"완전 장인이십니다. 이거, 맥주 때문이라도 매일 찾아와야 겠어요."

"내일부턴 돈을 받을 거야."

"음…… 싸게 부탁합니다."

요즘 시대에 직접 사람이 발효시킨 맥주는 귀하다. 구수한 보리 맛이 여실히 느껴졌다. 돈을 내고 마실 가치가 있었다.

현준은 맛난 맥주를 마시며 주변을 훑었다. 들어올 때를 제 외하고 아린에게 다가오는 이가 없었다. 최소한 같이 온 자신 에게라도 시비를 걸 줄 알았는데 처음 욕 몇 마디 뱉어낸 게 전부였다.

'이게 여기 규율이라 이건가?'

모든 집단에는 저마다의 규율이 있게 마련이었다. 굳이 말하지 않아도 시간이 흐르며 굳어진 그런 것들이 존재할 것이다.

그들이 현준을 건드리지 않는 것도 그런 규율과 관계되어 있으리라.

현준은 이곳에 모인 모두의 얼굴을 눈에 각인했다. 족히 서른은 되어 보이는 이들 모두가 현상금 사냥꾼이었다. 여자나 남자나 대부분이 기세를 흘리고 있었다. 심장이 약한 사람이라면 이 중압감을 이기지 못할 터였다.

'폴라리스. 구 오로라.'

일순 현준의 눈빛이 착 가라앉았다.

현재 자신이 앉아 있는 이곳은, 국내에 다섯 개밖에 없다는 현상금 길드 중 하나였다.

'길드 마스터. 30억……'

하지만 현준은 길드보다 이곳을 관리하는 마스터에게 관심이 많았다. 그가 진짜 흉악무도한 범죄자라면 마다할 필요가 없었다. 잡아서 현상금을 타낼 생각이 가득했다.

길드에 들어올 것처럼 아린에겐 이것저것 묻고 협상도 했지만, 길드의 입단은 어느새 잊힌 뒤였다.

현준의 가장 큰 욕망은 돈을 벌어 가족 모두가 잘사는 데 있었다. 언제까지 컨테이너 상자에서 살 수는 없는 노릇이다. 30억의 절반만 돼도 지금의 생활에서 많이 벗어날 수 있었다.

아린이 예쁘고 꽤 긴 시간 대화를 나눴다곤 하나…… 현준의 욕망을 이길 정도는 아니었다.

"캬아!"

현준은 맥주를 마저 비우며 생각했다.

'시간은 많으니까. 천천히 알아보자고.'

*   *   *

그날 이후 현준은 매일같이 폴라리스의 거점을 찾았다. 처음에는 다소 현준을 경계하는 기색이 강했지만 특유의 친화력을 발휘해 사람들의 가까이에 다가서는 데 성공했다.

현준이 그들과 친해진 이유는 간단하다.

길드 마스터에 관한 정보를 알아내기 위함이다.

집으로 돌아가 메시아에게 폴라리스의 길드 마스터에 관해 물었으나 보안 레벨이 높아서 지금은 알아낼 수 없다는 답변만 들었다. 그 보안 레벨을 뚫으려면 위성이 완성되어야 한단다. 그러나 한 달이 넘는 시간 동안 손가락 빨면서 기다리고 있을 수는 없었다.

하는 수 없이 차선책으로 택한 게 바로 거점을 매일 들락날락하는 것이었다.

그렇게 육 일 차.

그간 현준이 알아낸 정보는 아래와 같았다.

1. 현재 길드 마스터는 이곳에 없다.

2. 길드 마스터를 본 사람도 거의 없다.

3. 바텐더가 길드 마스터를 대행하여 모든 일을 처리하고 있다.

4. 1년 중 길드 마스터가 거의 유일하게 모습을 드러내는 때는 바로 입단 테스트가 있는 날이다.

5. 그것도 가장 높은 점수를 낸 이에게만 특별히 모습을 나타낸다.

6. 입단 테스트는 2주일 뒤에 시작한다.

폴라리스 길드의 마스터에 관한 사항은 이 여섯 가지가 전부였다. 그가 진짜 범죄를 저지른 범죄자인지에 관한 이야기는 아무도 모르는 듯싶었다. 바텐더는 무언가를 알고 있는 눈치였지만 차마 깊숙이 묻지는 못했다.

어쨌든 기회가 한 번은 있는 것이다. 가장 높은 점수를 내야 한다는 조건이 붙지만 그건 걱정할 필요도 없이 당연히 이뤄지는 일이었다. 문제는 길드 마스터의 신상과 그를 잡아도 되는지에 관한 확신이었다.

30억. 잡히면 그대로 사형인 탓이다. 현준도 신중해질 수밖에 없었다.

그래서 현준은 일주일 정도를 더 거점에 나가기로 하였다. 친해지긴 했어도 아직은 외부인이란 인식이 강하다. 그 간극을 없애고 안에 들어 있는 조심스러운 이야기를 들으려면 많은 노력이 필요했다.

"마셔라! 마셔라!"

"벌써 몇 잔째야? 미친놈들!"

"혼자서 술통을 세 통이나 비웠어!"

"현준, 이겨라! 너한테 20만이나 걸었다고!"

폴라리스 길드의 거점이 시끌벅적했다. 그들은 한데 모여 둥그런 원을 형성한 채 현준, 그리고 현준과 마주한 남자를 바라봤다.

현준과 남자는 연거푸 도수가 높은 맥주를 들이켜고 있었다. 둘 다 얼굴이 붉게 달아올랐다. 그 옆에선 수십 개의 맥주잔이 돌아다녔다.

비워진 맥주통만 여섯 개였다. 남자는 길드에서 가장 술을 잘 마시는 이였고, 거기에 현준이 도전장을 내민 것이다.

한 잔을 어렵사리 비운 남자가 눈살을 찌푸리며 말했다.

"이제…… 꺼억! 포기하지? 많이 취한 거 같은데!"

"사돈 남 말!"

현준은 여유롭게 웃었다. 속이 매스껍긴 했지만 정신력으로 버티고 있었다. 예전이라면 몇 잔 마시지 못하고 뻗었을 것이었다. 이것도 능력을 얻은 영향인가 싶었다.

현준이 다음 술잔을 들자 남자도 질 수 없다는 듯 손을 움직였다. 맥주를 총 여섯 통이나 비웠음에도 둘의 질주는 멈추지 않았다.

일곱, 여덟, 아홉…… 열 통!

주변 이들이 환호를 질렀다.

"그냥 아무나 이겨라! 이 대단한 놈들아!"

"오늘 이 자리에서 새로운 술신이 탄생했다!"

쿠당탕!

마침내 남자가 자리에 쓰러졌다. 그대로 기절한 듯 눈을 감고서 움쩍달싹하지 않았다.

아……!

정말 강적이었다. 현준은 내심 한숨을 내쉬며 오른손을 높게 치켜들었다.

그리고 승리의 포효를 내뱉었다.

"우웩!"

화장실 거울을 바라보며 현준은 고개를 저었다.

'죽겠다.'

입안이 씁쓸했다. 아직도 혓바닥에서 위액 맛이 났다.

술을 싫어하진 않지만, 이 정도로 마구 마시지도 않았다. 그러나 이목을 끌기 위해선 어쩔 수 없다.

게다가 사람이 친해지는데 술만큼 좋은 촉매 또한 없었다. 취한 만큼 서로 한 꺼풀 벗고 대화를 나눌 수 있으니까.

물론 자신의 속내도 드러낼 수 있다는 게 아주 큰 문제지만 현준은 본인의 정신력을 믿었다. 하지만, 솔직히 술통을 몇 개나 비운 지금 아직도 제정신을 유지하고 있는 게 신기할 지경이었다.

'다신 이런 짓 안 한다.'

오늘 하루만이다. 더는 없다.

그래도 덕분에 다른 이들 역시 현준에 대한 인식을 많이 바꾼 것 같았다.

한마디로 막바지 작업이었다. 이제 남은 기간 길드 마스터에 관한 더욱 상세한 정보를 빼내는 일만 남았다.

'알고 있으면 좋을 텐데…….'

길드 마스터를 본 이가 거의 없다는 게 걸렸다. 거점의 사냥꾼들도 길드 마스터에 대해 알지 못할 가능성이 있었다.

현준은 양쪽 뺨을 두드렸다. 아직은 모르는 일이다. 아무것도 확정된 것은 없었다.

화장실을 나서자 아린이 벽에 등을 기대고 있었다.

"거기서 뭐해?"

현준에게서 풍기는 술 냄새 때문인지 아린이 살짝 인상을 찌푸렸다.

"기다렸어."

"누구를? 나를?"

아린은 고개를 끄덕였다.

"왜?"

"할 말이 있어. 따라와."

벽에서 등을 뗀 아린이 어딘가로 향했다.

'별일이네……?'

현준은 고개를 갸웃하며 아린의 뒤를 따랐다.

사람 없는 공터에서 아린이 멈춰 섰다.

아린은 현준을 바라보곤 말했다.

"요즘 이것저것 많이 물어보고 다니던데."

현준은 찔끔하며 답했다.

"하하. 사람들이 좋더라고. 친해지려면 뭐든 물어봐야지."

"길드 마스터한테 관심 많아?"

가타부타 말도 없이 본론이다. 그런데 그게 하필이면 스트라이크였다.

"아니. 왜?"

현준은 시치미를 뚝 뗐다. 술이 팍 깨는 순간이었다.

알아차린 걸까? 조심한다고 했는데 아린에게 의심을 산 모양이었다.

"길드 마스터를 잡고 싶어?"

"헛소리할래?"

사실 헛소리가 아니라 정확히 짚었다. 현준의 심장이 거세게 뛰었다.

아린의 알 수 없는 눈빛이 현준에게 향했다. 현준은 최대한 그 눈빛을 피하지 않으려고 노력했다

"길드 마스터. 현상금 30억 걸린 범죄자."

"……길드 마스터가?"

이미 알고 있는 사실이다. 하지만 시치미를 뚝 뗀다.

길드 마스터가 범죄자라는 것은 그다지 알려지지 않았다. 아는 척했다간 바로 걸린다.

아린의 눈이 더욱 집요하게 다가왔다.

"거짓말을 잘 못하는구나. 용케 안 걸렸네."

"거짓말이라니? 내가 거짓말할 필요가 어디 있어?"

"심장박동, 평소보다 빨라. 눈동자 커. 눈가 잔 경련도 있어. 거짓말 하는 사람의 가장 기본적인 반응."

"이봐, 이런 식으로 몰아가는 거 조금 별로인데. 그쪽이 내 선임이 된다지만 지킬 건 지키자고."

아린은 들은 체도 하지 않으며 말했다.

"나는 잡고 싶어."

누구를 잡고 싶다는 것인지는 명확하다.

길드 마스터다.

하지만 어째서?

30억짜리 범죄자인 탓일까.

아린은 입을 꾹 닫은 현준을 향해 이어서 말했다.

"그리고 너도 잡고 싶어 해."

확정적이었다.

아린의 눈이 가늘어졌다.

"이런 걸 두고 찰떡궁합?"

"찰떡궁합은 아닌 거 같다."

현준이 즉답하자 아린은 댕기머리를 손가락으로 꼬았다.

"부정하지 마. 다 알고 있어."

뭐를?

아린의 눈이 빛나고 있었다.

거기다가 아린은 흥분한 기색이 완연했다. 평소 무표정하기 이를 곳 없는 그녀의 모습과는 전혀 달랐다.

"내가 길드 마스터를 잡으려 한다는 걸 알고 접근한 거, 알고 있어."

현준은 눈을 깜빡였다.

이건 또 무슨 소리야?

'떠보려는 건가?'

그럴 수도 있었다.

아린의 눈동자는 여느 때보다 활기가 넘쳤다. 떠보려는 의도를 가진 자가 이런 눈빛을 지을 수는 없었다. 수많은 사람을 접하며 현준이 터득한 지혜였다.

'그건 아닌 거 같은데.'

그 눈빛은 뭐랄까, 흥미로 가득했다. 신기한 장난감을 발견한 아이…… 보물을 발견한 탐험가에게서나 볼 수 있을 법한 눈빛이었다.

현준은 자신의 감을 믿었다. 아린은 자신이 의도적으로 접근했다고 확신하는 듯했다. 장단을 맞춰도 괜찮겠다는 생각이 들었다.

"용케 알아차렸군."

떡밥을 던졌다. 이제 물고기가 낚이길 기다리는 것뿐이다.

"……역시!"

그녀는 환호에 찬 음성을 내뱉었다.

"기가스를 칠 때 아는 척을 해서 이상했어. 나를 도발한 것도 계획적이었구나. 내가 실력 좋은 동업자를 찾고 있다는 걸 알고."

현준은 내심 고개를 저었다.

'하여간 별난 애라 다행이다.'

평범한 사람이 원인을 살피고 결과에 이르는 과정과, 아린이 원인을 살피고 결과에 이르는 과정은 많이 다른 듯싶었다. 쉽게 말해 4차원이었다.

심장이 오그라들었지만 예상과 다른 전개가 이어졌다. 알아서 착각해 주니 그저 고마운 일이었다.

아린은 미간에 손을 갖다 댄 채 혼잣말을 중얼거렸다.

"거점에서 티 나게 묻고 다닌 건 내가 다가오게 하려는 술수?"

잠깐만. 티가 났나? 티를 내지 않으려고 노력했다. 현준은 최대한 자기 위안에 힘썼다. 틀림없이 아린의 눈치가 빨라서 알아차린 것일 테다.

다른 이들에게선 그런 기색이 전혀 없었다. 유일하게 바텐더가 껄끄럽긴 했다. 마스터 대행이라 그런지 쉽게 다가갈 수 없었다. 그가 현준을 친근히 대하긴 했지만 직접 느낀 바로는 가식일 가능성이 컸다.

술기운은 사라진 지 오래다. 현준은 최대한 표정을 감췄다.

"또 다른 조력자가 있다."

메시아라는 이름의 조력자가 있긴 했다. 거짓말은 아니었다.

"뭐, 크게 상관없어. 원래 내 쪽에서 천천히 제안할 생각이었으니까. 같이 길드 마스터를 잡자."

"내 뭘 믿고 그런 소리를 하는 거냐?"

"외부 사람. 실력만 좋으면 충분해. 그러니까 합격. 길드 마스터를 노리고 있다면 금상첨화."

"……간단해서 좋네. 하지만 네가 가진 정보를 공유하는 게 먼저다."

"내가 아는 정보?"

"길드 마스터에 관해서. 대략적으로 파악은 하고 있지만 너는 이곳에서 상당 기간 잠복해 있었을 테니 나보단 자세하겠지."

길드원들이 아린을 대하는 태도로 보아 상당 기간 폴라리스 길드에 잠복하고 있었던 게 틀림없었다. 그런 현준의 예상이 맞았는지 아린은 순수하게 고개를 끄덕였다.

"알았어."

떡밥을 제대로 물었다.

집으로 돌아가는 길. 긴장이 풀리자 계속해서 헛구역질이 나왔다. 술의 여파가 아직도 끝나지 않은 것이었다.

'그래서 가능한 거였군.'

벽을 짚고 잠시 속을 다스리며 현준은 생각을 이어나갔다.

아린에게 들은 길드 마스터의 정보.

개중에는 범죄자인 길드 마스터가 어떻게 현상금 사냥꾼 노릇을 하고 있는지에 관한 이야기도 포함되어 있었다.

'정부와의 거래라…….'

전해 들은 바에 의하면 길드 마스터는 상당한 강자였다. 몰살당한 마을이라는 게 실은 군대의 어느 기지였다는 것 같았다. 수십의 특수군인이 포함된.

정부가 현상금을 걸고 길드 마스터를 잡고자 골머리를 썩이고 있을 때, 그가 자진하여 경찰서에 출두했다.

감형이 된다 한들 최소 사형이다. 하지만 그는 풀려났다. 풀려난 즉시 현상금 사냥꾼 길드를 만들고 현상범을 잡아들이기 시작했다. 정부와 모종의 거래가 있었음이 분명하다.

한데, 그에게 걸린 현상금은 유지가 되고 있었다. 무슨 이유에서인지 수배를 걷지 않은 것이다. 쉽사리 납득이 가지 않았다.

'망설일 이유가 사라졌다.'

납득이 가지 않았지만 그가 사람을 여럿 죽였다는 거 하나는 확실해졌다. 현준의 입꼬리가 올라갔다. 가장 큰 고민이 풀렸으니 부딪히는 일만 남았다.

'30억…….'

30억 전부가 현준의 손에 들어오진 않는다.

현준이 직접 길드 마스터를 처리하고 넘기면 그 기록이 남을 수밖에 없었다. 하지만 아린은 그 걱정을 단번에 종식시켜

줬다. 브로커를 통해 아무런 흔적 없이 현상금만 받아 챙길 수 있다는 것이었다. 그 수수료가 10%인 3억이었다. 정부에서 직접 공지한 현상범에겐 수수료가 붙지 않아서 나머지 90%는 아린과 현준의 몫이 되었다.

그런데 놀랍게도, 아린은 현준에게 27억에 달하는 돈을 전부 넘겨주겠다고 했다. 그녀는 돈보다는 길드 마스터 자체가 목적인 듯싶었다.

조건이 너무 좋아 의심의 마음도 살짝 들었다. 혹시 모르니 처음부터 끝까지 처리 과정을 꼼꼼하게 지켜볼 작정이었다.

"후후후…… 우웩!"

현준은 거하게 길가에 위액을 쏟아냈다. 이미 워낙 많이 쏟아내서 양이 많지도 않았다.

군 기지 하나를 초토화시킬 만큼 길드 마스터가 강하다는 점도 지금은 그다지 걱정이 되지 않았다. 아린의 실력은 한차례 확인했고, 현준 자신도 그에 못지않았다. 둘이 합치면 길드 마스터가 아니라 길드 마스터 할아버지라도 잡을 수 있을 터였다.

구체적인 계획도 세웠다. 놈은 덫에 걸린 생쥐와 다를 바가 없었다.

'아린! 네가 사실 복덩이였구나!'

아직 길드 마스터를 잡은 건 아니지만.

처음에는 방해꾼이라 여겼으나 이제 보니 굴러들어온 복덩이다. 처음과 백팔십도 아린을 바라보는 시선이 바뀐 현준이었다.

집에 도착하자 경주가 코를 부여잡으며 인상을 찌푸렸다.

"오빠! 술 냄새!"

그러거나 말거나 현준은 팔을 번쩍 펼치며 경주를 덮쳤다.

"동생아, 내 사랑스러운 여동생!"

"잠깐. 뭐하는 짓이야!"

"이 예쁜 것. 오빠만 믿어라. 내가 너 하고 싶은 거 다 하게 해줄게!"

뺨을 비비자 경주가 필사적으로 몸부림을 쳤다.

"엄마! 오빠가 미쳤나 봐!"

결국 백기를 든 경주가 어머니에게 SOS를 요청했다.

"현준아. 어디서 술을 그리 마셨니?"

현준은 경주를 풀어준 뒤 씽긋 웃어보였다.

"어머니. 제가 기분이 좋아서 조오금 마셨습니다."

"조금이 아닌 거 같은데?"

"사랑하는 어머니! 아니, 엄마! 오랜만에 한 번 안아 봐도 되겠습니까?"

"애는……."

피식 웃는 어머니를 향해 현준이 양손을 크게 펼쳤다. 어머니가 현준의 등을 천천히 토닥였다.

"못난 자식 두셔서 고생이 많으세요. 그래도 조금만 기다려 보세요. 제가 돈 많이 벌어다가 드릴게요."

"돈은 됐으니 건강하기만 하렴."

"하하. 제가 또 한 건강 하거든요. 이 팔뚝을 보시죠!"

현준은 팔뚝에 힘을 잔뜩 줬다.

"뾰루지네, 뾰루지."

경주가 입술을 쭉 내밀고 말했다.

"이렇게 생긴 뾰루지 봤어?"

현준이 미소 지으며 다가가자 경주가 경악하곤 뒤로 물러났다.

"잠깐, 다가오지 마! 신고할 거야!"

"우리 동생! 한 번 더 안아 보자!"

"오, 오지 마!"

때아닌 경찰과 도둑이 시작되었다.

둘은 한동안 좁은 집안을 이리저리 돌아다녔다. 어머니가 그 모습을 흐뭇하게 바라보고 있었다.

"나 왔다."

경주가 궁지에 몰리자 문이 열리며 아버지가 들어왔다. 현준은 즉시 표적을 바꿨다.

"아버지! 절 받으십시오!"

"……"

아버지는 앞에 넙죽 엎드린 현준을 묘한 표정으로 바라봤다.

"아빠, 오빠가 오늘 좀 많이 이상해."

"……그런 것 같구나."

아버지가 고개를 끄덕이며 동의했다.

                    *   *   *

마침내 이주일이 지나 추천인 입단 테스트가 시작됐다.

축제처럼 시끄럽게 일을 벌일 줄 알았는데 의외로 조용하게 진행되었다.

폴라리스의 거점은 웬일로 조용했다. 바텐더를 제외하면 기존의 길드원은 한 명도 보이지 않았다.

현준은 바텐더에게 문서 한 장을 받곤 주변을 둘렀다. 현준을 제외한 열 네 명이 문서를 전달받은 뒤 서로를 견제하는 중이었다.

당연한 일이다.

이 중 단 세 명만이 합격할 수 있었다.

하지만 현준은 그 세 명 중에서도 가장 높은 점수를 내는 게 목표였다. 그래야만 길드 마스터와 면담할 시간이 주어지는 탓이다.

현준은 문서를 읽어 내려갔다.

'열다섯의 추천인은 거점을 나간 즉시 서로 적이 됩니다. 수단과 방법을 가리지 말고 상대가 가진 문서를 빼앗으십시오. 최후로 남은 삼 인이 합격합니다.'

간단하기 그지없는 테스트 내용이었다.

그 밑에 일정 구역 이상으로 나가지 말라는 문구가 덧붙여져 있었다.

현준은 턱을 쓸었다.

'열다섯 명이 전부 적이라는 건가······.'

어쩐지. 문서를 읽고 왜 아무도 나가지 않는지 의아해했는데 이런 내용이라면 그럴 수밖에 없었다.

눈치 싸움이 한창이었다.

가장 먼저 나가는 게 유리하지만, 반대로 모두의 표적이 될 수도 있었다. 여기선 눈에 띄는 행동을 하지 않는 편이 현명하다 여긴 것이다.

'딱 좋군.'

현준은 발을 옮겼다. 어차피 1등을 노린다면 많은 이에게 노려지는 게 낫다. 자신의 실력에 자신이 있는데 열넷이 대수겠는가.

입구를 향하자 모두의 시선이 쏠렸다.

입구 바로 앞에 선 현준이 멈춰 섰다. 그리고 고개를 돌려 말했다.

"친구들! 밖에서 보자고."

썩은 미소를 지어주는 걸 잊지 않았다.

남자는 고소를 지었다.

'하하! 마지막에 나가는 게 유리한 걸 모르는 바보들. 이래서 사람은 머리를 써야 한다는 거다.'

열네 명 모두가 나가고 남자는 마지막 차례였다. 하지만 시간을 끌며 나가지 않았다. 나간 이들의 체력이 빠지기를 기다리는 중이었다.

남자는 마지막에 나가는 게 이번 입단 테스트의 필승법이라고 확신했다.

나간 즉시 밖은 전장으로 돌변한다. 한정된 구역에서 활동하기에 숨을 곳도 여의치 않다. 결국 어떻게든 부딪힐 수밖에 없었다.

실제로 누군가가 나갈 때마다 바깥에서 요란한 소리가 들려왔다. 나간 즉시 싸움이 시작되었다는 것이다.

먼저 나갈수록 손해였다. 패기 있게 나가는 건 좋지만 남자는 현실을 따졌다.

패기만 있으면 되는 게 없다. 이루고, 성취해야 한다. 그러려면 머리를 써야 했다.

남자는 싸우다가 지친 이들을 사냥할 생각이었다. 지친 사냥감처럼 잡기 쉬운 건 또 없으니까.

"이제 나가 볼까?"

남자는 천천히 발길을 옮겼다.

입가에 미소마저 띄우고서.

이미 마음속에서 그는 승리자였다.

하지만, 마지막으로 입구에서 나온 남자는 눈앞에 벌어진 광경을 보고서 아연실색할 수밖에 없었다.

"왜 이리 늦게 나왔어?"

"……."

먼저 나온 이들이 하나같이 쓰러져 있었다.

믿기지 않는다는 눈초리로 쓰러진 이들을 의자 삼아 앉아 있는 남자를 바라봤다.

제일 먼저 거점을 나선 이였다,

그가 자리에서 일어나며 방긋 웃었다.

"안녕? 친구. 네가 마지막이야."

그는 현준이었다.

현준은 추천인 열다섯 모두 적이 되었다는 걸 알고 입구에서 기다리고 있었던 것이다.

'앞에서 다 때려잡으면 되잖아.'

합격자는 한 명이면 족했다.

혼자 남았으니 자연스럽게 가장 높은 점수를 취한 것과 같았다. 간단한 길이 있는데 굳이 돌아갈 필요는 없다.

제8장

길드 마스터

마지막으로 튀어나온 남자를 쓰러뜨림으로서 현준은 최후의 일인이 되었다. 열네 명의 추천인이 바닥을 뒹굴고 있었다. 손을 털며 현준은 그들이 가진 문서를 강탈하고 거점으로 되돌아갔다.

타악!

바(Bar) 위에 문서들을 정렬하자 바텐더의 눈이 커졌다.

"벌써?"

"간단하더군요."

현준이 이를 드러냈다. 열네 명 모두 기초적인 실력을 갖추곤 있었지만 베테랑이라 부르기엔 애매했다. 화염을 둘러싼 현준의 공격에 속수무책으로 쓰러지기 일쑤였다. 특수한 무기나 개조된 신체를 바탕으로 버티는 이도 있었지만 시간문제였다.

"……잠시 기다리게."

바텐더가 급히 어딘가로 전화를 걸었다. 시작하자마자 입단 테스트가 한 사람에 의해 끝날 줄은 전혀 예상하지 못했다. 그의 몸동작엔 당황함이 배어 있다.

곧 누군가가 전화를 받았다.

"예, 마스터. 결과가 나왔습니다. 합격자는 한 명입니다. 예. 알겠습니다."

짧게 몇 마디 전한 후 전화가 끊겼다. 바텐더는 몸을 돌려 말했다.

"우선 입단을 축하하네."

"하하. 감사합니다."

"테스트와 입단식은 조용하고 조촐하게. 그게 우리 폴라리스 길드의 방침이네. 허전해도 이해해 주시게나."

시작부터 조용했다. 본래는 드글드글해야 할 거점의 길드원이 한 명도 보이질 않았다. 그게 방침이고 전통이라면 이해할 수 있었다.

"저 그런 걸로 꿍하는 사람 아닙니다."

"사람이 커서 좋군."

바텐더도 조금의 여유를 찾았는지 미소로 응대해 주었다. 그가 이어서 말했다.

"인재가 나왔어. 마스터께서 좋아하실 걸세."

현준은 조심스럽게 물었다.

"그 마스터란 분은……?"

"10분 정도 기다리게. 자네를 보고자 직접 오실 모양이야."

"황송한 일이군요."

현준은 주머니에 손을 넣고 안에 든 물건을 매만졌다. 엊그제 새롭게 개통한 소형휴대전화다. 현재 아린과 전화가 연결되고 있는 중이었다.

'들었겠지?'

일종의 도청과 같은 일이지만 완벽한 계획을 위해서였다. 현준은 웃음기를 잃지 않고 바텐더를 상대했다.

정확히 10분이 지나자 누군가가 들어왔다. 준수한 얼굴의 정장을 차려입은 남자다.

남자를 본 즉시 바텐더가 깊숙이 고개를 숙였다.

"오셨습니까, 마스터."

"오랜만이군."

가볍게 인사를 받아준 남자, 길드 마스터가 현준을 바라봤다.

'이 남자가 30억…… 아니, 길드 마스터!'

엄청나게 흉악하게 생긴 이를 기대했는데 전혀 달랐다. 이게 편견이라는 건가? 어디 호스트바에서 일할 것같이 유들유들하게 생겼다. 현준은 침을 꿀꺽 삼켰다.

"오면서 봤는데 깔끔한 실력이더군."

"감사합니다."

"화염방사기라도 달은 건가?"

개조자냐는 물음이었다. 현준은 웃음으로 답했다.

길드 마스터가 뒷짐을 졌다.

"최단기록 성적 보유자가 된 걸 축하한다. 따로 바라는 게 있나?"

"4계급 이상 길드원에겐 품위 유지비가 지원된다더군요."

처음에나 끌렸지 지금은 안 받아도 그만이었다. 그보단 길드 마스터 자체가 목적이 되어버렸다. 현준의 능글맞은 태도에 길드 마스터가 미간을 좁혔다.

"그만한 특례라……."

"안 되겠습니까?"

"나가면서 말하지. 나눌 얘기가 많을 듯싶으니."

그는 여전히 뒷짐을 진 자세 그대로 등을 돌려 거점을 나섰다.

'이동하는 건가?'

거점에서 멀어지면 멀어질수록 계획에 차질이 생긴다. 자칫하다간 아린이 따라오지 못하는 경우가 있을 수도 있었다.

현준은 주머니 안 휴대전화를 톡톡 건드렸다. 30억…… 아니, 길드 마스터가 어디로 이동할지 모르니 재주껏 따라오라는 의미였다.

다행히 길드 마스터는 멀지 않은 곳에서 멈춰 섰다. 공사가 중단된 폐건물 앞의 너른 공터. 둘만 이야기를 나누기엔 안성

맞춤인 장소라곤 하나 불온한 분위기가 을씨년스러운 곳이었다.

그곳에 도착한 길드 마스터가 돌연 말했다.

"……날 따라오는 고양이 한 마리가 있군."

그의 말이 끝나자마자 그림자처럼 아린이 솟아났다. 현준은 눈을 깜빡였다. 농담이 아니라 아무것도 없던 공간에서 아린이 나타난 것이다.

'스텔스?'

은폐 기능. 그게 가능토록 하는 기계가 존재하고, 소수의 군부대에서 쓰인다는 이야기는 들어본 적이 있었다. 하지만 가격이 상상을 초월한다. 민간인이 쉽게 구할 수 있는 물건과 거리가 멀었다.

현준마저 알아차리지 못한 걸 길드 마스터는 단번에 파악했다. 그는 아린을 보곤 미소를 지었다.

"너는…… 작년에 입단한 암컷 고양이구나. 예쁘장한 얼굴이 기억에 남는군."

"얌전히 투항해."

길드 마스터가 어깨를 으쓱했다.

"투항? 나한테 하는 소리인가?"

"현상금 30억. 자신이 얼마나 강한지 확인한다는 명목으로 군 기지 하나를 궤멸시킨 죄목. 현상범 천 명을 잡는단 조건을 내걸며 정부와 거래. 정부의 사냥개 노릇도 하고 있음. 맞지?"

아린이 오목조목 말했다.

그 말을 듣고 길드 마스터가 크게 웃었다.

"놀랍군. 그만큼 자세히 알고 있는 이는 거의 없을 텐데. 길드에 입단한 것 자체가 나를 노린 거였나?"

"응."

그가 박수를 치기 시작했다.

"대단해. 1년이나 숨죽이며 내가 돌아오는 오늘을 노렸다니. 훌륭한 여걸이로군. 하긴, 이곳이 아니라면 내 행적을 찾기 어려웠을 테지."

이어 그가 씁쓸한 표정을 지어 보였다.

"하지만 조금 안타깝기도 하다. 더 신중히 움직였으면 오늘 죽는 일은 없었을 것을."

"투항, 안 해?"

아린이 자세를 잡으며 검을 치켜들었다.

검에서 빛의 입자가 돌았다.

"내가 정부와 거래를 하고도 현상금을 그대로 걸어둔 건 너와 같이 무모하게 달려드는 불나방을 죽이기 위해서다. 겁도 없이 목숨을 내버리는 하찮은 인생들이 꼭 있어서 말이야. 돈에 눈이 멀어 상대가 얼마나 강한지조차 파악하지 못하고 달려드는 부나방들. 밟아 죽이는 재미가 있지."

슈악!

어느새 접근한 아린이 검을 휘둘렀다. 길드 마스터가 아슬아슬하게 피했다. 그러나 옷자락이 찢어지며 팔목이 살짝 베였다.

"암컷 고양이 주제에 앙탈을 부리는구나."

그가 넥타이 끈을 푸르고 정장 재킷을 바닥에 내던졌다.

동시에 지이잉— 거리는 소리와 함께 남자의 주변으로 둥근 에너지 장이 생겨났다. 보호막인 셈이다.

그에 아랑곳 않고 아린은 보호막을 내려쳤다. 빛의 검과 에너지 보호막이 충돌하며 강력한 파장을 낳았다. 주변 일대에 거센 돌풍이 몰아쳤다.

하지만, 보호막은 조금씩 꿰뚫리고 있었다. 아린의 검에 의해 미세하지만 금이 갔다.

"앙탈은 이 정도 받아줬으면 되었겠지."

그때 남자가 돌연 말했다.

입가에 지어진 미소도 여전했다.

파지직!

보호막이 깨졌다. 그러나 보호막은 한 겹이 아니었다. 아린이 깬 것은 가장 얇은 한 겹뿐이었다. 그 얇은 막이 깨진 여파로 아린이 날아갔다.

아린은 진짜 고양이처럼 자연스럽게 바닥에 착지했다. 그 옆에 현준이 서 있었다.

"너, 뭐해?"

"……아아, 미안. 엄청 잘 싸우길래."

현준은 정신을 차렸다. 전신 스텔스 장비부터 시작해서 길드 마스터가 방출하는 에너지 보호막에 그만 정신이 팔려 있었다. 아린은 두말할 것 없고, 길드 마스터의 경우도 마찬가지다.

둘의 대화를 들은 길드 마스터의 눈에 이채가 띠었다.

"둘이서 한 팀이었나? 작년 최고 기록자와 올해 그 기록을 깬 신기록 보유자가 나를 노릴 줄이야. 경사로운 날이군. 그래도 내 에너지 장벽을 뚫어내진 못할 거다. 메가와트 급 레이저로 공격해도 불가능해."

자신감이 가득했다. 보호막이 절대 뚫리지 않으리라 확신하고 있는 듯싶었다.

"저 말 진짜야?"

"그런 거 같아."

현준이 묻고 아린이 답했다.

아린도 길드 마스터가 저런 보호막을 사용하리란 사실은 몰랐던 것 같았다.

고밀도 에너지 장…… 저게 A, B, C지구를 외부로부터 지키는 돔 형태의 보호막과 비슷한 원리라면 어지간한 공격으론 뚫어내는 게 불가능할 터였다.

현준도 자세히는 모르지만 외부에서의 침입, 공격이 가해지면 자동적으로 A, B, C지구의 상공에서 에너지 방어막이 펼쳐진다는 이야기를 들은 바가 있었다. 전 국민이 초등학교에서 기본적으로 배우는 상식이었다. 근 이십 년 이상 펼쳐진 적은 없으나 핵공격에도 끄떡하지 않는다고 알았다.

그 정도 수준은 안 되겠지만 과연 저걸 뚫어낼 수 있을까?

현준이 반신반의하고 있던 찰나 다시 자세를 잡은 아린이 길드 마스터를 향해 쇄도했다.

결과는 방금 전과 같았다. 높게 튕겨져 나갔고, 그럴 때마다 아린은 오뚝이처럼 일어나 반복해서 공격해 들었다.

반복할수록 아린의 전신에 상처가 늘어갔다. 입가와 코에서 피가 줄줄 흘렀다. 자신이 상처를 입는 데 전혀 신경을 안 쓰는 듯했다. 전진하는 것밖에 모르는 코뿔소를 보는 기분이었다. 현준은 혀를 내두를 수밖에 없었다.

'무식한 건지, 올곧은 건지.'

한숨을 내쉰 현준이 쓰러진 튕겨져서 쓰러진 아린 앞에 섰다.

"쉬고 있어."

그리고 막 일어나려는 아린을 제지했다.

아린은 어정쩡한 자세로 현준을 올려다봤다. 역시나 알 수 없는 눈빛이었다.

현준이 길드 마스터를 향해 고개를 돌렸다. 길드 마스터는 처음 자리에서 한 발 자국도 움직이지 않고 있었다. 하물며 자세도 달라지지 않았다.

꿀꺽!

떨린다.

무서워서?

아니다!

갈증이 나고, 심장이 타오르는 것 같았다.

호승지심……

미친 게 틀림없다. 마주하기 전에는 반신반의했는데, 마주하니 겨루고 싶다는 생각밖에 들지 않는다. 손이 근질거렸다. 저 보호막을 깡그리 태워 버리고 남자가 경악하는 얼굴을 보고 싶었다.

불의 능력을 얻은 탓일까?

모르겠지만… 현준은 달렸다.

화르륵!

온몸이 타올랐다. 전신에서 쏟아지는 화염! 마치 한 마리 불의 짐승을 보는 것 같았다.

"쯧쯧."

길드 마스터가 혀를 찼다.

저따위 불꽃이 닿기도 전에 사그라지리라.

쾅!

이글거리는 화염이 현준의 주먹에 집중되었다. 그 주먹이 길드 마스터가 방출한 보호막에 닿자 거대한 폭발을 일으켰다. 폭탄이 터지 듯 강렬한 소리와 함께 먼지가 일었다.

남자는 여전히 움직이지 않았다. 하지만 현준도 아린과 달리 튕겨나가지 않았다.

'언제까지 안에 숨어 있을 수 있나 보자!'

길드 마스터는 자신의 보호막이 절대 뚫릴 리 없다며 자신했다.

하나, 무한한 자신감은 그에게만 있지 않았다. 현준도 보호막을 뚫어낼 수 있으리란 자신감으로 가득 차 있는 상태였다.

직접 부딪혀 보니 더욱 확고해졌다.

콰! 콰!

현준의 손이 연달아 보호막을 때렸다. 불꽃은 사그라지기는
커녕 시간이 지날수록 더욱 강하게 타올랐다. 심장박동이 빨
라지고 현준의 눈동자가 붉어지기 시작했다. 현준은 불 자체
가 되었다.

"소용 없……."

쿠웅—!

말을 하던 도중 길드 마스터는 눈을 크게 떴다.

보호막은 총 네 겹으로 이루어져 있다. 아린이 뚫은 것은 전
력의 5%만 가용하고 있었다. 반면 두 번째부터는 달랐다. 그
래서 뚫릴 리 없다고 확신했건만.

녹았다.

보호막이, 녹았다.

믿을 수 없는 광경이다.

보호막은 깨지거나 사라질지언정 녹을 수 없다. 하지만 에
너지 보호막의 겉이 녹듯이 사라져 가고 있었다.

콰! 콰! 콰!

현준의 공격은 더욱 거세어졌다.

"자, 잠깐!"

길드 마스터가 경악에 찬 음성을 내뱉었다. 하지만 눈을 붉
게 물들인 현준은 들리지 않는 듯 공격을 멈추지 않았다.

콰! 콰! 콰! 콰!

두 번째 보호막이 마침내 사라지고, 세 번째…… 네 번째까지 닿았다. 순식간에 이뤄진 일이다.

길드 마스터는 공격에 사용해야 할 전력을 모두 마지막 보호막에 쏟았다. 도저히 공격할 틈이 없었다.

이런 적은 처음이었다.

방심이 돌이킬 수 없는 실책이 되고 말았다.

이놈은 진정 인간이란 말인가?

네 번째 보호막도 서서히 녹아갔다.

길드 마스터의 표정이 점점 일그러졌다.

만약 이게 신화나 전설이라면, 불의 화신이 화가 나서 벌을 주는 그런 모습으로 비유되어도 이상하지 않았다.

지글지글 타오르는 현준과 길드 마스터.

둘을 바라보며 아린은 생각했다.

아…… 고기 먹고 싶다.

싸움이 끝났다.

현준의 붉은 눈이 천천히 되돌아왔다. 어느새 현준은 길드 마스터의 멱살을 잡고 있었다.

'이겼나……?'

너무 흥분한 듯싶었다. 숨을 고르며 현준은 길드 마스터를 자세히 살폈다.

길드 마스터는 기절해 있었다. 눈을 감고 미동이 전혀 없었다. 네 겹의 보호막이 뚫린 즉시 정신을 잃어버린 것이다.

"이건 뭐야?"

현준은 길드 마스터의 이마 부분을 바라보곤 눈살을 찌푸렸다. 이마가 녹았는데, 그 안에 또 다른 살이 있었다. 보통은 피가 흘러야 정상이건만 무슨 조화란 말인가.

현준은 녹아내린 부분을 잡았다. 주욱 당기자 놀랍게도 길드 마스터의 얼굴 피부가 벗겨졌다.

"……."

할 말을 잃었다. 때마침 옆으로 다가온 아린이 확인사살을 했다.

"가짜."

맞다. 가짜였다. 피부를 벗기자 전혀 다른 사람이 나타났다. 허탈함이 급습했다. 현준의 표정이 굳었다.

"어떻게 된 거지?"

"나도 모르겠어."

아린도 당황한 눈초리였다.

이놈이 가짜면, 진짜는?

짝짝짝!

큰 박수 소리가 들렸다.

고개를 돌리자 바텐더가 다가오고 있었다.

현준은 잠시 머뭇했다. 바텐더가 이곳을 찾아온 이유를 알 수 없었다.

이내 가까이 온 바텐더는 거리낌없이 쓰러진 길드 마스터를 향해 손을 뻗었다.

반쯤 타버린 셔츠 안으로 바텐더의 손이 들어갔다. 곧 철컥! 하는 소리가 들렸다. 바텐더의 손에 아이 주먹만 한 검은색 구슬이 들려 나왔다.

"이 비싼 물건을 못 쓰게 만들다니. 여러 의미에서 놀랍군."

검은색 구슬을 살피던 바텐더가 거침없이 그것을 바닥에 내버렸다.

그 후 멍한 표정의 현준과 아린을 바라보며 바텐더가 씽긋 웃었다.

"현준, 아린. 훌륭하네."

바텐더의 행동은 이상하리만치 자연스럽다. 길드 마스터를 공손히 대하던 태도는 온데간데없다. 여태껏 알고 있던 모습과도 전혀 달랐다.

이건 마치…….

"내가 폴라리스의 진짜 마스터일세."

바텐더는 자신의 이마를 두어 번 두드렸다. 그리고 얼굴 가죽을 떼어냈다.

마치 가면처럼 얼굴 가죽이 떨어졌다. 그러자 드러난 모습. 현준과 아린은 동시에 외쳤다.

"진짜!"

"말하지 않았는가? 진짜라고 말이야."

노인의 모습은 사라지고 준수하게 생긴 미남이 그곳에서 웃고 있었다.

진짜 길드 마스터.

그가 현준에게 쓰러진 가짜를 바라보곤 고개를 저었다.

"그래도 3년간 내 분신처럼 움직인 녀석인데 안타깝게 되었
군."

현준은 최대한 가슴을 진정시키며 말했다.

"……안 죽었습니다."

바텐더가 진실된 모습이 아니라는 걸 알았다. 말이 삐딱하
게 나갈 수밖에 없었다.

길드 마스터는 짐짓 놀란 표정을 지었다.

"오! 그런가? 그거 잘되었군그래."

"처음부터 알고 있었습니까?"

"뭐를 말인가? 그대와 아린이 나를 노린 거 말인가?"

"……알고 있었군요."

시치미도 아니다. 그냥 대놓고 시인한 것과 다를 게 없었다.
손바닥 위에서 놀아난 꼴이다.

슉!

아린이 검을 휘둘렀다.

착!

길드 마스터는 빛나는 아린의 검을 맨손으로 잡았다. 모든
지 잘라내는 그 검이 고작 손짓 한 번에 막힌 것이다.

더욱 놀라운 것은 그의 손에 맺힌 빛의 입자다. 아린이 가진
검과 같은 종류의 입자가 그의 손을 떠돌고 있었다.

"용병왕이 교육을 제대로 못 시킨 것 같구나."

아린이 검을 쥔 채 눈을 치켜떴다.

"아빠를 알아?"

"후후. 잘 알지."

아린은 여전히 믿기지 않는다는 어조로 말했다.

"현상금 30억. 자신이 얼마나 강한지 확인한다는 명목으로 군 기지 하나를 궤멸시킨 죄목. 현상범 천 명을 잡는단 조건을 내걸며 정부와 거래. 정부의 사냥개 노릇도 하고 있음……."

"예전 내 분신이 저지른 일이지. 힘을 줬더니 날뛰어서 단번에 죽여 버렸다. 그나저나 정부의 사냥개라는 표현은 거슬리는군. 그 말도 용병왕이 한 것일 테지?"

아린은 부정하지 않았다.

군 기지를 초토화시킨 게 그의 분신이고, 자진출두하고 정부와 협상을 지은 건 길드 마스터 본인인 것 같았다.

"그럼 현상금 유지는 왜?"

"궁금한 게 많군."

"말해."

그가 별거 아니라는 듯이 입을 열었다.

"분신을 신중히 고르자는 의미에서 현상금은 살려두었다. 그 30억을 노리고 오는 오합지졸 사냥꾼을 볼 때마다 내 과오를 떠올릴 수 있으니. 사실 그다지 신경 쓰이는 일도 아니고 말이야."

그가 검을 막던 손을 움직여 턱을 쓸었다. 아린의 검 따위는 안중에도 없다는 태도다.

"그나저나…… 1년 동안 내가 진짜임을 알아내지 못한 건 아쉽구나. 그래도 분신을 잡은 부분은 높은 점수를 쳐줄 수 있겠어. 저런 이의 힘을 빌린 것도 지혜인 바. 테스트는 합격이다."

아린이 검을 거두었다.

"테스트?"

"용병왕이 너를 내게 보낸 이유야 뻔하지. 1년간 지켜보며 너의 자질도 확인했다. 한동안은 여러 가지 가르쳐 주마."

"내가 왜?"

"너에게 거절할 권한은 없다. 용병왕의 의지를 거스르면 제아무리 딸이라도 무시할 수 없지. 물론 나 역시도."

"……확인할 거야."

길드 마스터가 어깨를 으쓱했다.

"마음껏 하려무나."

이어 그가 현준에게 시선을 옮겼다.

"자네는, 흠. 우리 길드에 들어올 생각 없나?"

현준은 대답하지 않았다.

그가 분신이라 칭하는 남자. 현준에게 쓰러진 이는 호승지심이라도 생겼다. 하지만 진짜 길드 마스터에겐 그런 기분이 전혀 들지 않았다. 오히려 붉은색 적신호만 깜빡거렸다.

"나는 관대하네. 자네에게 흥미도 있어. 개조자인 듯 개조자 아닌 개조자 같은 능력을 가지고 있더군."

"길드 마스터인 듯 길드 마스터 아닌 길드 마스터 같은 사람보단 덜 수상하군요."

길드 마스터가 실소했다.

"재미도 있고."

현준이 길드에 가입해야 할 이유가 한 가지 더 늘어나는 순간이었다.

"나는 자네같이 재능 많은 친구를 아주 좋아한다네. 게다가 요구한 걸 들어보니 돈이 좀 필요한 것 같던데…… 인센티브 두둑이 챙겨주지. 어떤가?"

거점에서 가짜 길드 마스터에게 현준이 요구한 바를 그도 같이 들었다. 그간 길드 마스터에 대해 묻고 다닌 것도 현준이 그를 잡아 돈을 벌기 위함이라 눈치챘을 것이었다.

졸지에 스카우트 제의가 들어왔다. 아린이 한 것과는 분명히 달랐다. 자신을 노린 이를 배짱 있게 받아주려는 그의 기색에서 나쁜 의도는 보이지 않았다.

물론 그가 나쁜 의도를 숨기고자 한다면 알아차릴 수 있을 것 같지가 않았지만.

"……생각 좀 해보겠습니다.

당장 결정하기엔 머릿속이 복잡했다.

"천천히 생각해 보게. 자네에게 절대 나쁜 조건을 아닐 거야. 원한다면 내가 직접 한 수 가르쳐 줄 수도 있네."

"괜찮습니다."

"그건 아쉽군."

길드 마스터가 쓰러진 남자를 질질 끌었다.

"용병왕에게 확인을 하든, 생각을 하든, 일단 자리부터 옮기지. 여기 참 으스스하군."

건설하다 만 폐건물이 바로 옆에 있었다. 태양이 떠 있대도 특유의 음산한 분위기가 존재했다.

길드 마스터가 발을 옮겼다.

그 뒤에서 현준과 아린은 서로를 쳐다봤다.

'어떻게 할래?'

'확인부터.'

두 사람은 고개를 끄덕였다. 지금 이 순간만큼은 눈빛만으로도 대화를 할 수 있을 것 같았다.

*　　　*　　　*

집에 돌아온 즉시 현준은 메시아를 찾았다.

「사용자여. 기뻐할지어다. 완성했도다.」

인공위성을 만드는 예상시간은 본래 한 달이었지만 메시아는 그 기간을 반으로 줄였다. 2주일 조금 넘는 시간 만에 완성한 것이다.

대단한 능력이었다.

"……축하한다."

「진심으로 축하하는 것 같지 않노라. 더욱 마음을 담아 나를 숭배하라. 나 메시아는 그럴 만한 자격이 있도다.」

한창 자아도취에 빠져 있었다.

평소라면 박수라도 쳐주겠지만 지금은 그럴 기분이 아니었다. 현준은 미간을 찌푸렸다.

"집어치우고. 오로라 마스터에 관해서 자세히 검색해 봐."

오로라에 거점을 들른 시간이 꽤 흘렀다. 그사이 현준은 메시아에게도 매일 벌어지는 일이 전해주곤 했었다.

「무슨 일 있더냐?」

"가짜였어. 진짜는 거점의 바텐더였고. 어쩌면 현상금 30억이 전부가 아닐 지도 몰라."

진짜 길드 마스터는 30억의 현상금이 별거 아니라는 투로 말했다. 아직 알아내지 못한 게 더 있을 가능성이 굉장히 컸다.

「기다려라. 마침 완성된 위성의 성능을 빌리면 보다 정밀한 검색이 가능하도다.」

"잘됐네."

「조금 걸리노라.」

거미형태의 메시아가 인공위성 단지 부분에 달라붙었다. 곧 위성에서 불빛이 반짝였다. 정보검색이 시작된 것이다.

검색이 이루어지는 사이 메시아가 말을 걸었다.

「아침에 사용자의 동생이 다녀갔다.」

"경주가?"

메시아는 현준 의외의 사람에게 거의 말을 걸지 않는 편이었다. 묻는 건 답하지만 수동적이었고, 그래서 가족들도 메시아를 이상한 기계나 프로그램 정도로만 인식하고 있었다.

"잠겨 있었을 텐데……."

하나 문을 잠그는 걸 잊은 기억은 없었다. 굳이 자신이 아니더라도 메시아가 잠갔을 터였다.

「문만 두드리다 갔노라.」

"그게 왜?"

「사용자여. 다른 이가 내 진정한 정체를 아는 것은 좋지 않도다. 그게 설령 사용자의 가족이더라도 마찬가지다. 주의하길 바란다.」

여태껏 현준을 제외한 가족에게 말을 하지 않은 것은 이러한 이유가 있어서인 듯싶었다.

비싼 척한다는 생각도 조금 들기는 했지만 구태여 입 밖에 내진 않았다.

"어머니, 아버지, 경주, 모두 나랑 똑같이 대해 줘. 숨기는 건 말도 안 돼."

「……솔직히 내겐 가족이란 개념이 명확치 않노라. 사용자를 서포트하겠다는 의지는 확실하지만 단지 그뿐이다.」

"우리 완벽한 메시아님께서 웬일이래?"

「사용자는 가족을 위한다. 그래서 나는 사용자의 가족도 지키겠다고 결정했다. 사용자와 피가 이어진 그들과의 관계를 난 잘 모르겠다.」

피식 웃은 현준이 말했다.

"가족이 별거야? 그냥 서로를 위하고 아끼면 그게 가족이지. 걱정 마. 너도 그 범주에 있어."

「나와 사용자의 관계는 혼인, 혈연, 입양 중 단 하나의 항목에도 해당하지 않노라.」

"그건 사전적인 거지. 너무 얽매일 필요는 없어."

현준은 누나탁을 떠올렸다.

누나탁과 다른 이누이트 사람들을 머릿속에 담았다.

그들 역시 현준에게 있어선 소중한 사람들이었다. 가족이라 불러도 전혀 아깝지 않았다.

「여전히 모르겠군.」

"앞으로 천천히 알아 가. 급할 게 뭐 있어?"

현준은 내심 흐뭇해했다. 항상 틱틱거리던 메시아가 오늘따라 귀여워보였다.

「알겠다. 그리고 사용자여.」

"응?"

「방금 전 길드 마스터에 관한 락을 하나 해제했도다.」

"오, 결과 나왔어?"

「30억은 말도 안 되는 가격이었노라.」

현준은 고개를 끄덕였다.

"역시…… 평범해 보이진 않았지. 그래서 얼마야? 무슨 일을 저질렀고?"

「무슨 일을 저질렀는지는 자세히 알 수 없도다. 국가 1급 기밀에 해당하는 락이 걸려 있다. 하지만 현상금의 규모는 알아낼 수 있었도다. 사용자는 그를 잡을 생각을 아예 버리길 바라노라.」

메시아가 경고했다.

"그렇게 대단한 사람이야?"

「코드네임 빛의 악몽. 현상금 3,000억이도다.」

"얼마라고?"

「3,000억이도다.」

"……미친."

절로 욕이 나왔다.

30억도, 300억도 아니라 3,000억이란다.

정신이 아득해졌다.

0의 숫자가 달랐다.

알고 있는 것의 100배에 달했다.

식은땀이 흘렀다.

아무리 능력을 얻고 강해졌다지만 진짜 길드 마스터를 본 순간 깨달았다. 지금 상태에선 결코 이길 수 있는 사람이 아니라는 것을 말이다.

바텐더의 모습일 땐 그저 평범한 노인에 불과했으나 진짜 모습을 드러내니 여태껏 만난 그 누구보다 강렬한 존재감을 나타냈다.

게다가 삼천 억이나 되는 규모의 현상범이 있다는 걸 처음 알았다. 대체 얼마나 대단한 일을 저질렀으면 그런 금액이 책정된 걸까?

「사용자가 무소의 뿔처럼 전진밖에 모른다는 건 알지만 때로는 융통성도 발휘해야 하노라. 돈에 눈이 멀어 개죽음 당한다면 그것은 나 메시아의 무능이자 불명예로도 직결되노라.」

융통성이라.

그게 언제까지 발휘가 될지는 모르겠지만……

"알았어."

현준은 고개를 끄덕여 보였다.

「사용자여. 또 한 번 그 속의 악마를 깨우는 일이 없기를 기원하노라.」

"……내 안에 악마 같은 건 없다고."

「자신을 낮추지 말지어다. 당시의 사용자는 훌륭한 엑설런트 센스의 소유자였노라. 마치 한 종류의 문학을 보는 것 같았도다.」

"설마 안 지웠어?"

중학교 2학년부터 이용한 블로그를 말함이다. 그곳에는 자신의 어두운 역사가 고이 묻혀 있었다. 지워 달라 부탁했지만 혹시나 싶어서 물어본 것이다.

「완전히 말소했도다. 나와 사용자를 제외하면 아무도 모르는 사실이도다.」

"너를 없애면 아무도 모른단 소리군."

꽈득! 꽈드득!

주먹을 강하게 쥐었다.

「세상천지 나보다 훌륭한 서포터는 없도다. 그런 나를 없애겠다니 천벌 받을 소리로다.」

"말이라도 못하면."

현준은 한숨을 푹 내쉬었다.

"한 가지만 더 검색해줘. 용병왕이란 사람에 대해서."

5초 정도 위성에서 다시 불빛이 흘렀다.

이윽고 검색을 끝낸 메시아가 말했다.

「용병이라 함은 고용되는 병사를 뜻함이도다. 그런 이들 중에 스스로 왕이라 칭하는 자는 많도다. 하지만 그중 가장 공신력이 있으며 누구나 인정하는 한 명의 왕이 있도다. 전장의 왕 트루엘이도다.」

"전장의 왕 트루엘? 혹시 그에게 한국인 딸이 있어?"

「한국인 아내를 뒀다는 이야기는 있도다. 하지만 딸에 관해선 아무것도 검색되는 게 없도다.」

현준은 턱을 쓸었다.

아린에 대한 정보는 알아낼 수 없을 것 같았다.

그때 메시아가 이어서 말했다.

「작금의 세계는 곳곳에서 분쟁이 끊이질 않노라. 그만큼 용병들이 활동하기 좋은 시대이기도 하지만 적이 많이 생기기도 하도다. 실제로 용병왕의 아내는 그런 식으로 피살당했도다. 딸이 있다면 신분을 완전히 없애는 것도 당연한 일이노라.」

"있을지 없을지 확실하지는 않다는 거군."

「그렇도다.」

현준은 전장의 왕 트루엘이란 이름을 머릿속에 각인시켰다.

현준은 시선을 옮겨 위성을 바라봤다.

"위성은 언제 띄우게?"

「일주일 후 사람이 올 것이도다. 사용자는 사인만 하면 되노라.」

궤도 엘리베이터를 통해서 우주로 위성을 쏘아내는 계획이었다. 솔직히 반신반의였지만 자칭 만능 메시아이니 실수는 없을 것이다.

"일주일 뒤에 내 전용 위성이 생긴다는 말이구나."

「기대해도 좋도다.」

말하지 않아도 잔뜩 기대하는 중이었다. 이번 30억을 노리는 일이 실패했으니 위성으로 만회할 작정이었다. 조금 더 정보의 정밀도가 높아진다면 현상범을 잡는 데 속도가 붙을 것이었다.

지금보다 급이 높은 현상범들의 조회도 가능해질 터.

황금알을 낳는 거위가 될 수도 있었다. 기대를 안 할 수가 없었다.

'이번 같은 일은 한 번이면 족하니까.'

조금 선불리 움직인 감이 없지 않아 있었다. 길드 마스터가 입단 테스트 날에만 모습을 드러낸다는 이야기만 듣지 않아도 시간을 들여서 천천히 공략했을 터였다.

한데, 결국 그날 나타난 길드 마스터조차 가짜였다. 진짜는 길드 거점의 바텐더였다.

'신중해지자. 내가 돈을 벌어야지 돈에 먹히자 말자.'

현준은 내심 다짐을 했다.

능력을 얻고 난 뒤 성정이 살짝 불같아진 경향이 없지 않았다. 이제는 신중히 움직이리라고 수차례 다짐하는 현준이었다.

이른 새벽.

잠에서 깨어난 현준은 눈살을 찌푸렸다.

'이게 어디서 나는 냄새지?'

오감이 평범한 사람보다 좋기에 더욱 민감할 수밖에 없다. 역한 냄새가 사방 천지에서 맡아졌다. 며칠을 묵힌 대변보다 심한 구린내였다.

눈을 뜬 현준은 곧장 몸이 축축한 것을 깨달았다. 옷이며 바지가 알 수 없는 액체에 젖어 있었다. 잠을 뒤척여서 식은땀을 흘린 건가 생각도 해봤지만 그런 것치곤 양이 너무 많았다.

손을 들어 목덜미를 쓸었다. 상당한 양의 액체가 묻어났다. 냄새를 맡은 즉시 현준은 헛구역질을 했다.

'맙소사. 나한테 나는 냄새였어?'

땀은 아니다. 소변, 대변 역시 아니다. 하지만 몸에서 샘솟은 이 액체가 뭔지 알 수 없었다. 보통은 코가 마비되어 맡아지지 않을 법도 하건만 계속해서 역한 냄새를 풍겼다.

현준은 자리에서 일어났다.

가장 먼저 일어나서 다행이었다. 집이 좁아 가족들은 거실에서 모여 잔다. 가족 중 누군가가 눈을 뜬다면 묘한 오해를 할 가능성이 컸다.

상황의 급박함을 알아챈 현준은 슬쩍 이불을 들어 화장실로 이동했다.

"으…… 냄새……."

화장실 앞에 선 현준은 발걸음을 멈춰 세웠다. 속으로 신이 시여!를 외쳤다. 여동생인 경주가 코를 부여잡으며 눈을 떴다.

"오빠, 뭐해?"

화장실 앞에 이불을 들고 있는 현준.

집 전체에 진동하는 역한 냄새.

이게 뜻하는 건 하나밖에 없다.

경주가 막 입을 열려는 찰나 현준은 해명했다.

"경주야. 오해다."

하지만 의심의 눈초리는 거둬지지 않았다.

"오빠. 설마……."

경주는 경악한 표정을 지으며 말했다.

"쌌어?"

가족들 전부가 집을 비운 점심시간.

마당에 나온 현준은 한숨을 푹푹 내쉬었다.

'망할.'

졸지에 똥싸개가 되었다.

어떻게든 해명에 해명을 거듭했지만 경주는 경멸의 눈빛을 지우지 않았다.

뿐만 아니라 그게 자랑이라도 되는 양 어머니와 아버지에게도 솔선하여 털어놓은 경주다. 부모님은 현준에게 그럴 수도 있다며, 나도 나이 먹고 그래 봤다며 위로의 말을 전했지만 전혀 위로가 되지 않았다.

'대체 뭐였지?'

몇 번이나 샤워를 해도 냄새는 좀처럼 사라지지 않았다. 살갗이 벗겨지도록 빡빡 문지른 끝에 조금은 나아졌지만 몸에서 솟은 액체의 정체를 알 수 없었다.

현준은 몸을 움직여보았다.

'몸이 조금 가벼워진 거 같기는 한데……'

확실히 몸이 가벼워졌다. 체감이 될 정도다.

컨디션이 좋아서 그런 것일 수도 있지만 날아갈 것처럼 기운이 넘쳤다.

이런 경우는 처음이었다. 움직이지 않고서는 배기지 못할 것 같았다.

'한 번 달려볼까?'

광활한 하늘, 드넓은 대지를 마주하자 무작정 달리고 싶다는 마음이 팽배해졌다.

현준은 천천히 발을 움직였다.

속도는 조금씩 빨라졌다. 이내 다리에 부스터를 단 것마냥 주변 배경이 휙휙 지나갔다. 어느 수준에 이르자 스스로도 자신이 낸 속도를 절제할 수가 없게 되었다.

"하하!"

하지만 현준은 멈추지 않았다. 달릴수록 아드레날린이 과도

하게 분비되는 듯했다. 정신이 각성하니 즐거운 기분밖에 들지 않는 것이다.

점심 무렵의 F지구는 한산한 편이다. 대부분이 다른 일을 하러 다른 지구를 찾는다. 그렇다고 사람이 아예 없진 않았다. 아무런 의미 없이 거리를 어슬렁거리는 이들이 꽤 있었다.

사람들은 모두 눈을 휘둥그렇게 떴다. 육안으로 보이지 않을 수준은 아니지만 엄청난 빠르기로 한 청년이 길가를 달리는데 놀라지 않을 수 없었다.

현준은 지칠 때까지 뛰고 또 뛰었다.

"헉! 헉!"

족히 한 시간을 달리고서야 멈춰 섰다.

거친 숨을 내뱉으며 현준이 미소를 지었다.

'뭔지는 모르겠지만.'

분명히 달라졌다.

아무리 생각해도 자신의 몸에서 흘러나온 액체와 연관이 있다. 그게 아니라면 다른 이유라 할 것도 없었다.

현준은 바닥에 드러누웠다.

'좋다.'

본래 지치고 짜증이 나야 정상이다.

하지만 기분이 좋았다. 몸을 오랫동안 사용하고 이토록 개운한 기분은 무척 오랜만이었다.

모든 근심걱정이 눈 녹듯 사라졌다. 멈춰선 지금도 온몸이 짜릿짜릿했다.

'좋다······!'

*   *   *

몸의 변화는 긍정적이었다. 찌뿌둥하고 무거운 것보단 백배 나았다.

대충 자신의 상태를 정리한 현준은 폴라리스의 거점을 찾았다. 그리고 바텐더를 찾아가 가입 거절의 의사를 분명하게 밝혔다.

바텐더는 현준을 아무도 없는 방으로 안내했고, 씁쓸한 표정을 지어 보였다.

"안타깝군. 탐나는 인재였는데."

"저도 많이 유감스럽습니다."

넉살좋게 웃으며 현준이 말했다.

그러나 속내는 전혀 달랐다.

'믿을 수가 있어야지.'

길드 마스터는 쉽게 믿을 수 없는 인물이다. 3,000억이란 현상금. 얼굴마저 감추고 행동하는 이였다. 믿음이 갈 리가 없다.

알아만 둔다. 그거면 족하다.

길드의 대소사에 깊게 관여할 생각은 눈곱만큼도 없었다.

만에 하나 가입하는 순간 길드의 방침에 따라 끌려다니게 될 수도 있었다. 책임이 생기고 신경을 써야 한다. 현준이 바라는 그림과는 거리가 멀다.

"혹시 나를 노린 일 때문에 그러나? 난 전혀 개의치 않네. 사람이 살다 보면 실수 한 번 정도는 할 수도 있는 거지."

"말씀은 감사합니다. 하지만 아닌 건 아닌 겁니다."

"다급한 성격인 줄 알았는데 이제 보니 칼 같은 친구로군."

바텐더의 얼굴에 경탄이 묻어났다.

"후! 정말 안타까워. 하나 싫다는 사람을 억지로 끌어들일 순 없으니……."

그는 계속해서 안타깝다는 말을 반복했다.

현준은 진지한 표정을 지었다.

"우리의 관계가 좋게 유지되길 바랍니다."

현준에겐 메시아가 있었다. 메시아를 통해 길드 마스터가 3,000억짜리 현상범이라는 것을 알아냈다. 아예 몰랐다면 모를까, 알게 된 이상 섣불리 움직일 생각은 전혀 없었다.

그러나 길드 마스터는 메시아의 존재를 모른다. 때문에 현명한 결정을 내린 현준에게 감탄할 수 있었다. 적과 자신의 간극을 한 번에 파악하는 것은 매우 힘든 일이다. 게다가 보통은 속았다는 기분 때문에라도 덤벼드는 게 일반적이었다.

아니면 아예 비굴하게 행동하거나.

현준은 어디에도 해당되지 않았다.

"점점 더 아깝군."

"아린을 많이 챙겨주십시오. 그 녀석 사고가 많이 4차원인 듯싶던데요."

"하하. 평범한 녀석은 아니지."

바텐더의 얼굴이 자부심이 드러났다. 아린을 상당히 아끼는 모양새였다.

'알아서 잘하겠지.'

딱히 걱정은 들지 않았다.

그 용병왕이라는 사람과도 친분이 있는 것 같았다. 해코지를 하진 않을 것이다.

그러나 현준의 경우는 다르다. 믿을 건 오로지 자기 자신뿐이었다. 헤어 나올 수 없을지도 모르는 구멍에 구태여 들어갈 필요는 없었다.

제3자의 입장에 선다.

이곳의 위치와 길드 마스터의 존재를 안 걸로도 충분하다.

"어쨌든, 이야기는 잘 들었네."

바텐더가 커피를 홀짝이며 말했다.

"문은 언제나 열려 있네. 나는 자네와 같이 재능이 출중한 친구를 매우 아낀다는 걸 알아주면 좋겠군."

얼마나 잡고 싶으면 그만한 인물이 몇 번이나 같은 말을 반복해서 한단 말인가.

현준은 웃으며 몇 마디 대화를 더 나누고 거점을 나왔다.

거점을 나선 현준이 기지개를 켰다.

'저금해 뒀다고 생각하자.'

길드 안에 잠복하여 기회를 노릴 수도 있겠지만, 길드 마스터는 현준의 의도를 읽고 있었다. 그런 그가 얌전히 잡혀줄 리

만무하다.

그를 잡으려면 바깥에서 제3자의 입장으로 기회를 노리는 게 낫다. 만남을 위한 최소한의 통로는 열어뒀으니까.

물론 어디까지나 만약의 일이다.

하지만 오늘의 만남이 후의 3,000억으로 되돌아올지는 아무도 모르는 일이었다.

제9장

작전 개시

기념적인 날이었다.

드디어 위성을 띄우는 데 성공한 것이다.

완성하고 일주일.

차고 앞으로 찾아온 사람들이 내민 문서에 사인을 한 뒤 위성을 옮겼다. 궤도 엘리베이터로 향하는 물품 조달 담당인 것 같았는데 한국에서 위성을 옮기는 건 처음이라며 우스갯소리로 농담을 던지던 두 외국인이 기억에 남는다.

웬만한 사람들은 알지 못하는 루트. 메시아라서 가능한 일이었다. 어지간한 택배보다 돈이 더 들긴 했지만 현준은 눈을 꾹 감고 지출을 감내하였다. 개인위성을 띄움으로서 생기는 이득을 생각하면 충분히 감내할 만했다.

다시 10여 일이 흐른 오늘. 위성을 성공적으로 쏘아 올렸다는 메시아의 말을 들을 수 있었다.

현준은 대략 이주일의 시간 동안 고작 조무래기 현상범 하나를 잡아들였을 따름이다. 위성을 띄웠으니 앞으로 얼마나 많은 시간을 줄일 수 있을지 기대가 되었다.

「사용자여. 이걸 사용하여라.」

위성에 대한 기대감을 한껏 부풀리고 있을 때 메시아가 외안경 비슷한 물건을 건넸다. 요 며칠 혼자서 만든 게 이것이다. 불그스름한 사각형의 유리알과 귀를 둥글게 감싸는 하얀색의 안경다리가 인상적이었다. 그다지 쓰고 싶은 디자인은 아닌지라 현준은 떨떠름한 표정을 지었다.

"이게 뭐냐?"

「스카우터 기본 버전이다.」

"스카우터?"

「그걸 쓰고 있으면 데이터망에 저장된 현상범들을 보는 즉시 파악할 수 있도다. 현상범과 관련된 정보들도 알아서 떠오르게 조작해 놨도다. 미네르바 1호기와 연결되어 나 역시도 유동적으로 사용자를 서포트할 수 있노라.」

미네르바 1호기.

지혜의 여신의 이름을 따서 현준이 붙인 인공위성의 이름이다.

'보는 즉시 파악할 수 있다고?'

엄청난 일이다. 현준도 사람인지라 외운 현상범 모두를 일

일이 파악하고 찾아낼 순 없었다.

스카우터를 사용하면 미처 파악하지 못한 현상범까지 잡아낼 수 있다는 소리였다. 그저 길가를 지나다가 마주친 사람이 현상범인지 아닌지 알아낼 수 있는 것이다.

사실이라면, 감히 혁신적이라 할 만하다.

"······디자인이 좀 구린데."

「그래서 기본 버전이도다. 이후는 사용자의 편의에 맞춰 개조할 생각이노라. 돈의 여유가 조금 더 있었다면 아예 사용자의 중추신경과 연결되는 다른 형태의 물건을 만들 수도 있었겠지만 아직은 요원한 일이도다.」

"돈 없는 게 죄다, 죄."

여유자금이라고 해봤자 오백만 원이 안 되었다. 인공위성을 만들고 배송하는 데 들어간 비용이 컸다.

「사용자여. 주식통장을 만들어 볼 생각은 없더냐.」

돌연 메시아가 제안을 던졌다.

"주식? 그 위험한 걸 왜 해?"

현준은 정색했다.

주식은 그들만의 리그다. 심지어 돈이 있는 자도 거꾸러지는 게 그곳이었다. 패가망신하여 등급 하향 조정을 받은 이도 상당하다고 들었다.

현준에게 있어서 주식은 도박과 같았다. 그리고 아버지와 어머니도 확률에 모든 걸 거는 도박은 끔찍이 싫어하는 편이었다.

현준은 그 정도는 아니었지만 일체의 정보도 없는 지금 상황에선 엄두조차 나지 않는 게 사실이었다.

「미네르바 1호기의 성능을 빌려 안전에 중점을 두고 프로그램을 하나 짜보았도다. 시뮬레이션 결과 큰돈을 벌 수는 없지만 적당한 금액까진 한 달에 5% 정도의 수익이 꾸준히 나오노라.」

"확실한 거야?"

「내가 바로 메시아노라.」

알 수 없는 자신감이다.

현준은 코를 파며 말했다.

"나는 박현준이다."

이름만으로 믿음을 줄 수 있는 이는 무척 적다.

「믿지 못하겠거든 적은 자금으로 시작해 보아라. 일정 날수만큼 이득이 나면 그때 투자해도 늦지 않도다.」

"적은 자금이면 만 원?"

「동생한테 용돈으로 주거라.」

현준은 미간을 움켜쥐었다.

그래도 여태껏 메시아가 행한 일 중에서 손해가 난 적은 없었다. 나름 서포터의 역할을 충실히 이행하는 중이었다.

'손해가 나도 괜찮은 금액.'

확실하지 않은 일에 많은 돈을 투자할 수는 없었다.

통장에 든 돈은 약 오백만 원.

아버지와 어머니 모두 일을 하고 계셔서 먹고사는 데에는 지장이 없지만 최대한 모아두고 싶은 게 현준의 심정이었다.

현준은 여러 가지를 따져본 결과 이 정도면 감수할 수 있다 싶은 금액을 입에 담았다.

"백만 원 정도는 괜찮을 거 같은데……."

「적당하도다.」

현준은 한숨을 내쉬었다.

"이거 원 서러워서. 빨리 여유자금을 만들던가 해야지."

「사용자여. 있는 자가 더 많이 번다. 기회도 더 많이 얻는다. 당연한 이치도다. 그러니 개 발에 땀나도록 뛰어다닐 지어다.」

"내가 노냐? 놀아?"

현준도 억울했다.

그나마 모은 돈을 모두 인공위성 만드는 일에 사용했다. 말 그대로 개 발에 땀나도록 뛰어다녀서 모은 돈이다. 일의 효율을 극대화시키기 위한 수라지만 복받쳐 오는 서러움은 어쩔 수 없었다.

「지금 이 순간에도 많은 돈을 벌 수 있는 황금알과 같은 정보가 어디선가 새어 나오고 있노라. 사용자가 상대적 박탈감을 느낄 것 같아서 말은 안 하겠지만 일분일초가 시급하도다.」

"알았어. 하여간 다달이 5%란 말이지?"

매달 원금의 5%가 복리로 나온다면 정말 대단한 상품이다. 안전성에 초점을 맞췄다 하니 마이너스가 큰 폭으로 나오는 일은 없을 것이다.

「그렇도다. 걱정 붙들어 매거라.」

"믿어보겠어."

도박은 싫지만 현준은 메시아의 자신감을 믿었다.

더불어서 그 황금알과 같은 정보라는 말에도 귀가 솔깃했다.

'일단 돈을 모아야 한다는 거지.'

돈이 있어야 활동할 수 있는 폭이 넓어진다. 맞는 말이다. 거기다가 C지구로 집을 옮기려면 못해도 수억 원은 필요하다. 돈 쓸 곳은 많은데 아직 벌이가 만족스럽진 않았다.

현준은 스카우터를 손에 쥐었다.

"하필이면 외 안경이라니."

대학교에서 유독 현준을 괴롭힌 외 안경을 쓴 교수 한 명이 떠올랐다. 또한 요즘 시대에 누가 안경을, 그것도 외 안경을 착용한단 말인가.

「안경알은 특수소재로 만들었도다. 가장 많은 비용이 그곳에 들어갔노라.」

현준은 고개를 저었다.

디자인은 마음에 안 들지만 일의 효율을 위해서다. 어차피 기존 버전이었다. 외견이야 천천히 바꾸면 되는 거다.

"어떻게 사용하는 거야?"

「쓰고 전원버튼만 누르면 되노라. 전원버튼은 안경다리 끝부분에 있노라. 미네르바 1호기와 연결되어 있어서 따로 사용자 인식을 할 필요는 없도다.」

"오, 간단하고 좋은데."

스카우터를 쓰고 전원버튼을 누르자 보이는 화면에 약간의 노이즈가 생겼다.

'고장 났나?'

현준은 인상을 찌푸렸다.

"이거 제대로 만든 거 맞아?"

「송수신 장비가 좋지 않도다. 원래 물건이라는 것은 들인 돈만큼의 퀄리티가 나오는 것이도다. 그나마 나 메시아이기에 그 정도의 질이 보장된 것이도다.」

"……그냥 착용만 하고 있으면 되는 거야? 현상범이 나오면 알아서 정보화면이 뜨는 거고?"

현준은 주제를 돌렸다.

「그렇도다. 현상범의 얼굴을 대조하여 80% 이상 일치하면 자동으로 포착이 되노라. 하지만 충전식이기에 3시간 이상 연속으로 활용은 불가능하도다.」

"3시간이란 말이지."

3시간이면 충분하다.

스카우터를 착용한 채 현준은 몸을 돌렸다.

"메시아. 실험해 보고 올게."

「고장 내지 말지어다.」

"걱정 마라. 보물 다루듯 써주마."

그래도 메시아가 정성을 들여 만든 것이었다.

……디자인은 마음에 안 들지만.

현준은 손을 흔들며 차고를 벗어났다.

'음. 왠지 경건해지는 기분인걸.'

외 안경 스카우터를 착용하자 이상하게 마음이 차분해졌다. 뒷짐을 지려는 걸 겨우 억제하고 있었다. 디자인의 호불호보다 외 안경이 가져다주는 특유의 분위기가 문제인 것 같았다.

F지구. 길가를 거닐자 많은 이의 이목이 쏠렸다. 현준은 최대한 얼굴에 철판을 깔고 쳐다보는 사람들의 눈을 일일이 마주쳤다.

띠익—

거리에 나온 지 얼마 되지 않아 스카우터에 붉은빛이 돌았다. 곧 한 사람이 포착되었다.

'일치율 82%. 이름 박귀순. 나이 서른다섯. 절도죄. 현상금 30만 원……?'

노숙자였다. 턱수염이 덥수룩하게 난 남자가 천막 아래 구걸용 바가지 하나를 내놓고 드러누워 있었다.

'30만 원도 있어?'

경찰의 데이터 상에 뜬 가장 낮게 책정된 금액이 100만 원이었다. 30만 원은 처음 보는 금액이었다.

「사용자에게 보여준 데이터보다 하위 카테고리에 들어가는 이들이도다. 아무도 신경을 안 쓰고, 손해가 거의 없는 경범죄에 해당하도다.」

스카우터를 통해 메시아가 음성을 전했다.

'나한테 보여준 건 꽤 피해가 큰 범죄를 저지른 이들이었나

보군.'

납득한 현준이 고개를 끄덕였다.

오늘은 확인 단계다. 스카우터의 성능을 확인하고 F지구에 얼마나 많은 범죄자가 존재하는지 순찰 겸 나온 것이다.

현준은 노숙자를 지나쳐 갔다.

띠익—

5분도 채 걷지 않아서 다시 스카우터가 붉은빛을 발했다.

'이번엔 또 뭐야?'

포착된 이는 젊은 남성이었다.

'일치율 81%. 이름 권상익. 나이 스물다섯. 폭행, 절도죄. 현상금 88만 원.'

생긴 건 멀쩡하게 생겼건만 죄다 어정쩡했다. 특히 현상금 88만 원은 어정쩡함의 화룡점정이었다.

현준은 조금 더 주변을 둘러보았다.

띠익, 띠익, 띠익.

스카우터가 쉴 새 없이 적신호를 켰다. 대부분이 경범죄자들이었고 현상금 100만 원 이상도 간간이 끼어 있었다.

현준은 벙 찐 표정으로 헛웃음을 흘렸다.

"정말 많구나."

상상 이상의 숫자다.

그제야 현준은 이곳이 F지구라는 걸 체감할 수 있었다.

곧 메시아의 음성이 흘렀다.

「F지구가 특히 많긴 하지만 어디 F지구뿐만이겠더냐. 모든 곳이 마찬가지노라. 규모의 차이일 뿐이도다.」

규모의 차이.

맞는 말이었다.

어디를 가든 범죄는 생기게 마련이었다.

하지만 곳곳에 범죄자가 도사리고 있다면 안심할 수 없다. 특히 치안이 좋은 편도 아닌 F지구다. 경찰들이 간혹 순찰을 돌기는 하지만 가족들이 안주하기엔 불안전한 요소가 너무 많았다.

애당초 C지구 이하 경찰은 범죄자를 잡는 일에 그다지 적극적이지 않았다. 그간 경찰서를 들락거리며 느낀 바가 그랬다. 안전하지 않아야 할 직장에서 안전하게 자신의 안위를 챙기는 것이 더욱 중요하다 생각하는 이들이었다. 공공연연하게 뒷돈을 요구하는 부패한 경찰도 많았다.

그런 이들이 고작 조무래기들 잡는데 신경을 세울 리 없었다. 사람이 많은 곳으로만 다녔기에 설마 이 정도로 범죄자가 많을 줄은 몰랐다.

'안전한 곳이 거의 없네.'

다행이라면 집 주변은 안전하다는 것이었다.

아버지와 어머니는 주변 사람들로부터 꽤 우상시되고 있었다. 주변 사람들을 잘 돌본 덕이다.

없는 살림을 쪼개 먹을 걸 나눠주거나 물건을 고쳐주는 등의 일이 잦았다. 그래서인지 큰 어른 대우를 받았고, 간혹 현준에게도 인사를 건네곤 하였다.

적어도 그들이 범죄의 대상으로 가족을 지정하는 일은 없을 터였다.

'경주가 걱정인데…….'

현준은 표정을 굳혔다.

등굣길만 무려 한 시간이었다. 그것도 걸어서 다녔다. 사람이 많이 다니는 안전한 길로 다닌대도 마음이 놓이지 않았다.

「귀찮다면 100만 원 이하 범죄자들에 대한 알림을 끄겠노라.」

"아니야. 괜찮아. 그대로 켜 둬."

지금이라도 알아서 다행이다. 그동안 F지구에 대해 느슨하게 생각하고 있었다.

그저 잡은 범죄자나 그 관계자의 보복을 대비하자는 선으로만 걱정하고 있었건만.

F지구에 이렇게나 많은 범죄자가 모여 있을 줄은 예상하지 못했다.

돈을 모아 이사를 가는 게 가장 좋은 책이겠지만 언제 갈 수 있을지 장담할 수 없는 상황이다.

벌어진 다음 걱정하면 무소용이었다. 비현실적이지만 현준은 한 가지 다짐을 머릿속에 채웠다.

'다 잡아야겠어.'

현재 현준을 움직이는 가장 큰 원동력은 가족의 안전이다. 둘째가 돈이고 셋째가 범죄에 대한 혐오감이었다.

현준은 연신 주먹을 쥐었다가 폈다. 아무리 작은 경범죄라도 알게 된 이상 좌시하고 있을 수는 없었다.

거실에 누운 현준이 손가락으로 펜을 빙빙 돌렸다. 이어 큰 메모지에 오늘 F지구를 둘러보고 메시아에게 들으며 알게 된 정보를 적어나갔다.

'F지구는 서울 전체 면적의 대략 30%. 서울 인구가 800만이고 그중 절반이 F지구 시민이지. 서울에서 일어나는 범죄는 집계된 것만 1년에 50만 건 정도. 그중 과반수가 F지구에서 일어났고……. 모든 범죄자 숫자를 합치면 F지구에만 수십만이 있다는 소리인데.'

모두를 잡겠다고 했지만 현실적인 장벽이 높았다. 혼자서 수십만 범죄자를 잡고 다니는 것은 사실상 불가능한 일이었다. 게다가 경범죄자는 출소가 빠르고 그들이 가족의 안전을 위협할 수도 있었다.

'메시아가 위성을 쏨으로서 어머니, 아버지, 경주의 안전을 확인할 수는 있게 됐어. 하지만 확인한 거지 확보하진 못했지. 뭔가 좋은 방법 없을까?'

그러나 현준은 포기하지 않았다. 포기하기엔 주변의 변수가 너무 위험했다. 언제 어디에서 무슨 일이 일어날지 장담할 수 없는 상황이었다. 만에 하나 누군가가 나쁜 마음을 먹고 가족들에게 해코지를 한다면 현준은 참을 수 없을 것이다.

턱을 쓸었다.

메모지를 뚫어져라 쳐다봐도 마땅한 묘안이 떠오르지 않

왔다.

'비밀스럽게 잡고, 비밀스럽게 넘겨야 해.'

주변 범죄자들을 깡그리 잡아들이기 위한 기본적인 전제조건이다. 우선 자신의 정체가 발각되지 않아야 했다.

그러려면 얼굴을 감추고 대리인을 내세울 수밖에 없었다.

폴라리스의 길드 마스터가 내세운 가짜처럼 완벽하게 위장할 수는 없더라도 알아볼 수 없게끔 하는 방법은 많았다. 하다못해 가면만 써도 어지간히 눈썰미가 좋지 않은 한 현준의 정체를 파악할 순 없을 것이었다.

하지만 대리인으로 내세울 사람이 없다. 완벽한 신뢰까진 바라지 않았다. 실력 있고 입이 무거운 사람이 필요했다. 문제는 그런 이들은 조무래기 현상범을 잡는 데 전혀 관심이 없다는 점이다.

'어렵구만.'

입술로 펜을 문 현준이 메모지를 내려놓았다.

연락되는 친구는커녕 아는 사람 자체가 거의 없었다. 그나마 폴라리스 거점의 몇몇 사람과는 겉으로라도 친한 척 굴었지만 과연 그들이 나서줄지는 의문이었다.

마침 화장실에서 씻고 나온 경주가 현준을 보곤 말했다.

"펜 먹는 거 아니야."

"안 먹는다."

"뭐하고 있어?"

"어른의 고민."

경주는 살짝 이맛살을 찌푸렸다.

"오빠는 여자 친구도 없어? 이 좋은 주말에 집구석에 누워서 뭐하는 거야."

오늘은 주말이었고 당연히 학교도 쉬었다. 모처럼의 쉬는 날인 것은 둘 다 같았다.

씻고 나온 경주가 홀러덩 웃통을 벗었다.

'이 계집애가 이젠 막 벗는구나.'

내심 한숨을 내쉰 현준은 고개를 돌렸다.

남자가 아닌 오빠라지만 너무 개방적인 느낌이었다. 그렇다고 나가자니 오빠의 위상이 죽는 것 같았다.

현준은 고개를 돌린 채 말했다.

"내 마음에 드는 여자가 나타나야 여자 친구도 만드는 거지. 만들고 싶다고 막 만들어?"

"쯧쯧. 오빠 나이 때에는 두, 세 명은 둬도 돼."

"내가 난봉꾼이냐? 그러는 너는 남자친구 많나 보다."

경주가 피식 웃었다.

"기르는 개들은 조금 있지."

"……아예 사람으로 안 보는구나. 불쌍하네."

완전 여왕님의 시선이었다.

현준은 그 개라 지칭된 이들에게 나름의 애도를 표했다.

"나 갈게. 집 지키고 있어!"

옷을 갈아입고 신발을 신은 경주가 문을 열었다.

"어디가?"

"엄마랑 아빠 도우러. 사람이 많나 봐."

"그 봉사활동?"

"응."

어머니와 아버지는 한 달에 두 번 정도, 주로 주말에 봉사활동을 하는 편이었다. 봉사활동이라고 해봐야 물건을 고쳐주고 스프를 나눠주는 정도였지만 점점 사람들이 늘어나고 있다는 것 같았다.

잠시 고민한 현준이 자리에서 일어났다.

"나도 도와드려야겠다."

"오빠가? 웬일?"

경주가 고개를 갸웃했다.

평일과 주말의 경계가 사라진 현준이었다. 매번 바깥으로 쏘다니며 현상범들을 잡기 바빴기 때문이다.

"일손이 부족하다는데 자식 된 도리로서 한 손 보태야지. 그리고 너한테 집에서 노는 한량으로 보이기도 싫다."

경주는 날름 혀를 내밀었다.

"안 도와줘도 괜찮으니까 여자 친구나 만드세요."

"눈이 휘둥그레질 만큼 예쁘고 착한 여자 친구 만들 테니까 걱정 마세요."

현준은 호언장담했다.

솔직히 언제 만들 수 있을는지 장담은 할 수 없지만 약이 오른 탓이다.

경주가 고개를 저었다.

"아, 어쩐지 평생 모솔일 거 같은 이 기분. 친오빠가 모태솔로인 것도 조금 그런데…… 정 못 사귈 거 같으면 나한테 말해. 내가 소개시켜 줄게."

"오지랖도 넓다."

신발을 신고 자리에서 일어난 현준이 손을 들어 경주에게 꿀밤을 먹였다.

"아야!"

"엄살은. 가자."

경주가 맞은 부위를 움켜쥐었지만 본 체도 하지 않고서 현준은 집을 나섰다.

*　　　*　　　*

인도 옆, 거대한 솥 안에서 모락모락 스프 끓는 연기가 솟고 있었다. 그 앞으로 길게 줄이 늘어서 있었는데 부랑자처럼 보이는 이들이 대부분이었다. 한눈에 봐도 백 명이 넘어가는 숫자다. 현준은 오길 잘했다는 생각과 함께 열심히 스프를 끓이고 나눠주시는 어머니와 아버지 곁으로 다가갔다.

"어머니, 아버지. 제가 도와드리겠습니다."

"예쁜 딸도 왔어요!"

두 분 모두 비지땀을 흘리고 계셨다. 살림에 여유가 없는 때에도 주변 사람을 챙기는 모습이 보기 좋긴 했지만 몸이 축나지 않을는지 걱정이었다.

두 팔을 걷어붙이며 현준이 나서자 어머니와 아버지가 미소를 지었다.

"둘 다 잘 왔다."

"굳이 안 나와도 되는데······."

현준은 고개를 저었다.

"그럴 수야 있나요. 그리고 아버지, 이제 막 수술하신 분께서 무리하면 안 됩니다. 제가 할게요. 조금 쉬고 계세요."

아버지가 쥔 국자를 반 강제적으로 탈취한 현준이 미소를 지어 보였다.

경주도 질 수 없다는 듯 양팔을 걷어붙였다.

"엄마. 접시는 내가 닦을게. 이래 봬도 내가 접시 하나는 아주 기가 맥히게 잘 닦아요. 접시닦이 계의 퀸이랄까?"

"호호. 그럼 둘이 하는 거 구경이나 해볼까?"

어머니와 아버지는 한 발자국 물러서며 현준과 경주를 따뜻하게 바라봤다.

곧 잠시 멈춘 배식이 재시작 되었다.

현준은 솥 안을 휘저으며 국자를 움직였다.

"맛있게 드세요."

동그란 유리판에 고기와 야채 조금 들어 있는 멀건 스프를 덜어내는 게 전부다. 하지만 사람들은 그마저도 감사하다는 듯 조심스럽게 배식을 받았다.

그릇 회수율도 거의 99%는 되는 것 같았다. 그 1%도 깨지거나 한 것이지 들고 도망가는 이는 없었다.

'F지구. 여러모로 문제가 많아.'

범죄자가 많은 건 당연하고 빈부격차 또한 굉장히 심했다.

하지만 여기서 더 거들 수는 없었다. 현준은 일단 자신이 풍족해야 나눌 수도 있는 것이라고 생각했다. 풍족하지 않은 상태에서 나누는 게 더욱 값지며 의미 있는 것이라지만 그래 봤자 자기만족이 될 공산이 컸다.

어머니와 아버지는 A구역에 있을 당시부터 워낙 기부를 많이 하셨으니 그렇다 치더라도 현준 본인은 아직 가족 외의 사람에게 무언가를 나눌 준비가 되지 않았다.

"오빠, 한 사람당 한 번만이야. 오늘은 사람이 많아서 부족할 거 같아."

경주가 그릇을 닦던 중 슬쩍 남은 스프의 양을 보곤 말했다.

"알았다."

현준의 손이 바삐 움직였다.

왠지 줄이 점점 늘어나는 기분이었다.

준비된 수량은 한정적이건만 이렇게 밑도 끝도 없이 늘어나선 부족해도 한참 부족하다.

'쉬지를 않으시네.'

슬쩍 눈을 돌려 아버지를 바라보았다.

아버지는 고장 난 시계와 같은 가전제품들을 고쳐주고 있었다. 그것도 거의 새것과 다를 것 없게 말이다.

현준은 혀를 찼다.

아버지의 부지런함은 도무지 따라갈 엄두가 나지 않았다.

'나도 나름 열심히 한다고 생각하는데 아직 멀었어. 새 발의 피야, 새 발의 피.'

내일부터는 더욱 열심히 활동해야겠다는 생각을 품으며 현준은 꾸준히 배식을 이어나갔다.

"받으셨으면 비켜주세요. 뒤에 사람 많습니다."

배식을 받고도 움직이지 않는 사람이 있었다. 전신에 황토색 누더기를 걸친 이였다. 여자인지 남자인지, 심지어 몇 살인지도 확인할 수 없었다. 그런데 도무지 비킬 생각을 않았다.

도리어 당당하게 배식 판을 내밀었다.

"더 많이 드리고 싶어도 준비된 양이 많지 않아요."

턱!

왼손으로 현준의 팔목을 부여잡았다.

가느다랗고 부드러운 게 여자임이 분명했다.

"뭐하는……."

현준이 뭐하는 짓이냐고 말하려는 찰나 누더기가 벗겨졌다.

상대의 정체를 확인한 현준은 입을 벌리고 말았다.

"아린?"

"더…… 줘."

방랑 생활을 한참 한 것인지 먼지와 땟국이 조금 묻어 있긴 했지만 분명히 아린이었다.

아린이 왜 F지구에, 그것도 배식 받는 줄에 이런 몰골로 서 있단 말인가.

아린의 눈이 현준에게 똑바로 박혔다.

마치 버린 개와 같은 눈빛이었다. 처량했다. 절로 동정심이 일었다. 왠지 쓰다듬어주고 싶고, 보듬어주고픈 눈빛이었다.

그러나 현준은 단호했다.

"아무리 너라도 더 줄 순 없어."

"쳇."

대번에 태도가 돌변했다. 혀를 찬 아린이 다시 누더기를 뒤집어쓰곤 지나갔다.

'여기서 뭐하는 거야, 쟤는?'

현준은 눈만 깜빡였다.

우걱우걱!

아린이 음식을 먹는 속도는 상상을 초월했다. 며칠은 굶은 듯 아귀마냥 먹을 걸 탐하는 중이었다.

그래도 알고 지내는 사이인데 그냥 지나칠 수가 없어서 음식을 조금 사온 것이다. 딱딱한 빵과 따뜻한 마실 게 전부지만 아린은 불평불만 없이 굉장히 맛나게 먹었다.

"오빠. 이 여자 누구야?"

설거지를 끝내고 어깨를 두드리며 다가온 경주가 최대한 조용히 물었다.

"아린이라고. 현상금 사냥꾼인데……."

현상금 사냥꾼.

딱히 그 외엔 아린을 설명할 길이 없었다.

현준의 말이 미처 끝나기도 전에 경주는 눈을 빛냈다.

"내 눈은 속일 수 없어. 씻기면 어마어마한 미인이 될 거야. 완전 원석이라구. 설마 오빠 여자 친구는 아니겠지?"

"아니다."

그제야 경주는 안도의 한숨을 내쉬었다.

"하긴, 오빠가 이런 미인 여자 친구를 둘 수 있을 리가. 없지."

"그래도 친오빠인데 평가가 너무 박한 거 아니냐?"

"친구분 접대 잘해드려. 난 아빠 도와드리러 갈래."

대답조차 하지 않고서 경주가 총총 뛰어갔다.

가벼운 발걸음. 왠지 콧노래도 부르는 듯싶다.

'왜 온 거야?'

친오빠한테 여자 친구 없는 게 그렇게나 좋아할 일인가.

저게 동생이라고…… 현준은 울분을 삼키며 아린을 바라봤다.

쩝쩝!

입가에 묻은 빵부스러기, 손가락까지 빨아가며 마침내 식사를 끝낸 아린이 고개를 돌렸다.

"더 줘."

"그만 먹어, 이 돼지야."

반사적으로 말이 나갔다.

아린이 눈을 흘겼다.

현준은 즉각 사과했다.

"미안. 나도 모르게 본심이 나갔네."

"꿀……."

"……?"

"꿀꿀."

돼지 울음소리라고 내는 것 같았다. 소리를 내는 의미는 간단했다. 아직 배가 고프다는 것이다.

필사적이다.

미간을 부여잡은 현준이 다시 상점가로 가서 먹을 걸 사왔다.

"어쩌다가 이런 신세가 된 거야? 길드는 어쨌고?"

"그놈은 괴물이야."

"그놈?"

"길드 마스터."

아린은 두려움에 찬 표정을 지었다. 인상이 살짝 일그러진 게 전부였지만 원체 표정변화가 없는 아린에겐 대단한 일이다.

"무슨 일 있었어?"

"놈이 날 죽이려고 해."

설명이 부족한 걸 깨달았는지 아린이 덧붙였다.

"수련이란 이름으로 날 죽이려고 해."

"도망친 거구나."

길드 마스터는 아린을 가르치겠다고 했다. 그 과정이 상상 이상으로 힘든 것 같았다.

현준은 이어서 말했다.

"몰골은 왜 그래? 며칠은 굶은 거 같은데."

"카드, 쓰면 바로 쫓아와. 현금 없어."

아린이 몸을 벌벌 떨었다.

꿀꺽!

그러면서 현준이 손에 쥔 빵을 하염없이 바라보았다.

침도 흘릴 기세다.

"3일만 숨겨줘."

"내가 왜?"

즉답하자 아린이 고개를 숙였다.

"흑……."

"우는 척하지 마라."

"칫."

속아주고 싶어도 연기가 너무 어설프다.

현준은 아린의 몰골을 가만히 살폈다. 그날 헤어지고 장장 삼 주 만이었다. 그런데 지금 아린의 꼴을 보아하니 누더기 한 장을 걸친 채 일주일 이상 방랑생활을 해온 게 분명했다.

이 주간 무슨 일이 벌어졌나. 어지간한 고통은 신음 하나 내지 않고 인내하던 녀석이다. 수련의 강도가 상상을 초월했음이 틀림없었다.

"꿀꿀."

아린의 눈은 현준의 손에 고정되어 있었다. 정확하게는 현준이 손에 쥔 빵에 가 있었다.

그나저나…… 아린은 저 돼지 울음소리를 먹을 걸 생성하는 주문 정도로 생각하는 게 아닐까?

피식 웃은 현준은 빵을 건넸다.

샥!

민첩한 몸놀림으로 빵을 강탈해간 아린이 입을 벌려 빵을 물었다. 이번에는 방금 전처럼 걸신들린 듯 먹진 않았다. 돼지라 말한 것이 효과가 아예 없진 않은 모양이다. 야무지게 빵을 입안에 머금고 몇 번이나 씹어서 삼켰다. 꼭 고양이 같았다.

"3일 숨으면 달라지는 게 있어?"

입안의 내용물을 비운 뒤 아린이 답했다.

"길드 마스터. 이라크 가. 꽤 오랫동안."

"이라크?"

아프리카를 제외한다면 이라크, 아프가니스탄, 파키스탄 이 삼국은 세계에서 가장 극심한 분쟁이 일어나는 나라였다. 특히 이라크는 거대 테러기업인 ISIS의 득세로 80년 동안 커다란 내전에 휩싸이고 있었다.

ISIS.

'테러를 판매합니다' 란 문구를 내걸고 전 세계에서 활동, 암시장 및 마약유통에도 관여를 하는 곳이다. 불법 개조술의 발달 또한 이들 때문이라 보아도 무방했다.

현준은 우주에 있을 당시 이라크에서 온 사람 한 명을 알았다. 그는 그 신이 죽은 지옥 같은 곳보단 차라리 우주에서 쓰레기 청소부 노릇을 하는 게 마음은 편하다며 자주 힘없는 미소를 지어 보이곤 하였다.

그에게서 들은 이야기는 상상을 초월했다. 인간이 어디까지 끔찍해질 수 있는지, 한 번 이성을 놓으면 어떤 식으로 변할 수 있는지 알 수 있었다.

그런 곳을 길드 마스터는 어떤 연유로 가는 걸까.

현준의 궁금증 어린 눈빛을 본 아린이 마저 빵을 삼킨 후 말했다.

"우리가 부서뜨린 그 구슬. 이라크에서만 살 수 있다나 봐."

아린의 말을 듣고 현준은 고개를 끄덕였다.

가짜 길드 마스터의 가슴에 박혀 있던 동그란 검은색 구슬을 뜻함이다. 에너지 장을 발생시키는 원천인 듯싶었는데…… 길드 마스터는 그걸 다시 구하고자 이라크로 향한 것이다.

아린이 이어서 말했다.

"그러니까 3일만 숨겨줘."

연관관계를 알 수는 없지만 요컨대 3일간 재워주고 먹여주라는 거다.

물론 차고를 빌려주면 그만이긴 했다. 어차피 위성도 완성해서 한동안 쓸 일도 없었다. 그래도 공짜로 빌려줄 순 없는 노릇이다.

'각서라도 받아?'

아린은 실력 좋은 현상금 사냥꾼이다. 카드를 사용할 수 없다뿐이지 상당한 자산가일 가능성이 컸다.

숙박이나 먹을 것 등 청구할 수 있는 모든 요금을 기존단가

보다 비싸게 부르면 쏠쏠할 것이다. 한 30% 정도?

'나쁘지 않은데.'

얼마 되진 않겠지만 티끌 모아 태산이란 말이 괜히 있겠는가. 아껴야 잘산다. 모을 수 있을 때 모아둬야 한다는 말과도 일맥상통했다.

그때 불현듯 현준의 머리를 스치고 지나가는 단어 하나가 있었다.

'잠깐. 대리인으로 쓰면 되잖아?'

F구역의 범죄자를 소탕하겠다는 위대한 계획의 첫걸음. 그것은 바로 대리인의 존재유무였다. 자신을 대신하여 그들을 한 번에 넘길 사람이 필요했다.

아린. 그녀가 도와준다면 일이 쉬워진다. 입이 무거운지는 모르겠지만 실력은 확실했다.

현준은 음흉한 미소를 덧붙이며 입을 열었다.

"숙식제공, 덮고 잘 이불도 줄게."

"꿀꿀."

아린의 눈이 빛났다.

"……대답을 꼭 그런 식으로 할 필요는 없어."

"응."

허리에 팔을 얹은 현준이 계속해서 말했다.

"하여간, 한 가지 해줘야 할 일이 있어."

아린이 고개를 갸웃했다.

"무슨 일?"

"나 대신 범죄자들 집어넣는 일. 잡는 건 내가 할 테니까 너는 넘기기만 하면 돼. 어때?"

"넘기기만 하면 돼?"

"그래, 길드를 통해서 넘기는 게 가능하면 더 좋고. 수고비로 3% 정도는 떼어줄 용의가……."

"수고비 필요 없어. 할래."

어렵지 않은 일이라 판단한 아린이 크게 고개를 끄덕였다.

'좋았어.'

한 가지 문제가 해결되자 현준의 입가에 미소가 감돌았다. 혹시 다른 말을 할 때를 대비해서 수고비를 언급했는데 그마저도 필요 없다고 하니 아린이 지금 이 순간만큼은 천사처럼 보였다.

'네가 진정 복덩이구나.'

제대로 굴러들어온 복덩이였다. 아린이 아니었으면 이 문제로 한참을 고민했을 것이다. 어쩌면 영영 해결하지 못했을 수도 있었다.

"배고프니? 더 먹을래?"

"아니."

현준은 인자한 표정을 지어 보였다.

"부담 가지지 마. 배 많이 고팠을 텐데 더 먹어도 괜찮아. 그 정도는 해줄 수 있어."

잠시 생각한 아린이 손으로 입술을 훔쳤다.

"그럼 조금만……."

먹을 거로 유혹하는 느낌이지만, 현준은 아랑곳 않고 한 아름 아린을 위한 식량을 싸왔다.

아린은 그 자리에서 그걸 전부 비웠다.

대리인이 준비됐다. 남은 건 자신의 얼굴을 가려줄 가면, 혹은 그에 준하는 물건이다.

현준은 메시아를 통해 인터넷 서핑을 하며 후보 몇 가지를 골라낼 수 있었다. 가짜 피부를 통한 변장은 의외로 돈이 많이 들어가서 가면 중에 고를 수밖에 없었다.

"도깨비 탈? 이거 괜찮네."

험상궂게 생긴 가면 하나를 바라보며 현준은 흡족한 듯 고개를 주억였다. 세련미는 없지만 위압감은 확실하게 줄 수 있을 것 같았다.

「도깨비 탈로 주문할 것이냐?」

다시 컴퓨터와 일체화한 메시아가 물었다. 몇 개의 후보 중 가장 마음에 든 것이다. 현준은 턱을 쓸며 말했다.

"넉넉하게 세 개 주문해 놔."

「탈만 쓴다고 완벽하게 사용자의 정체를 감출 수는 없도다.」

"한 번에 알아볼 수는 없겠지."

「말투와 옷차림을 바꾸어라. 만약의 상황을 대비할 수 있도다.」

"그래?"

「인간은 단순하도다.」

같은 인간으로서 부정해야 하는 부분이지만 현준은 동의했다. 현준 본인부터가 단순한 탓이다. 그걸 부정하지도 않았다. 개개인의 차는 있겠지만 크게 벗어나진 않을 것이었다.

말투와 옷차림, 탈을 쓰는 것만으로도 어느 정도 대비가 될 듯싶었다.

"말투라……."

「굳이 바꿀 필요 없노라. 사용자에게는 이미 익숙한 말투가 있지 않더냐.」

"말하지 마. 알 거 같으니까."

그놈의 중학교 2학년.

이미 머릿속에서 지운 시절이지만 떠올리려면 떠올리지 못할 것도 없었다.

문제는 그 일을 떠올리고 행하게 되면 현준은 자아정체성에 상당한 괴리감을 느끼게 되리라는 점이었다. 스스로 혼란으로 기어들어가는 꼴이었다.

"아냐. 아무리 생각해 봐도 그렇게까지 할 필요는 없을 거 같다."

「사용자여. 특이한 말투는 그만큼 뇌리에 잘 박히는 법이도다. 평소의 사용자라고는 절대로 알아차릴 수 없을 것이도다. 나 메시아가 장담하노라.」

"가끔 너는 내 편인지 적인지 헷갈릴 때가 있어."

「사용자의 완벽한 서포터 메시아노라.」

"누가 보낸 스파이 아니고?"

「사용자는 믿음이 부족하도다.」

머리를 긁적인 현준이 인터넷 서핑을 끝마쳤다.

이후 자리에서 일어난 현준은 막 생각난 듯 손뼉을 부딪쳤다.

"맞다. 밥 줄 시간이네."

「그 아린이라는 여자에게 가는 것이냐?」

"굶게 할 수는 없잖아. 말해둔 것도 있으니까."

숙식제공이다. 완벽한 거래를 위해선 더욱 신경을 쓸 필요가 있었다.

현준이 자리에서 일어나자 메시아가 말했다.

「아린이란 여자가 용병왕의 딸이라면 가까이 가지 않는 게 신상에 좋도다.」

"내가 가까이 갈 수 있는 사람은 대체 누구냐."

현준은 짧게 비아냥거렸다.

길드 마스터 때에도 같은 말을 반복한 메시아다. 경고였고, 틀린 말은 아니었지만 아린마저 반대할 줄은 몰랐다.

「그는 전장의 왕, 전장의 폭군으로도 불리노라. 적이라 규정하면 무조건 죽이도다.」

현준은 혀를 찼다.

"너는 참 걱정도 많다. 네 주인 그 정도로 약골 아니니까 걱정 마라. 척질 일도 없고. 오히려 사이좋게 지낼 수 있을 거 같은데?"

지금 자신은 아린을 챙겨주고자 움직이고 있었다. 사심이 잔뜩 들어 있기는 했지만 아린 역시 현준에게 호의적이었다. 용병왕이 현준을 적대시할 이유가 없었다.

「만사불여튼튼이라 했노라.」

"나처럼 튼튼한 사람도 없지."

우스갯소리를 던진 현준이 주방으로 향했다. 대충 만들려했는데, 메시아의 이야기를 들으니 대충할 수도 없겠다.

'오랜만에 실력 발휘해 봐야겠군.'

지글지글.

야채와 고기가 듬뿍 담긴 파스타가 팬 위에서 끓고 있었다.

이불 안에 몸을 숨기고 있던 아린은 그 냄새에 눈을 번쩍 떴다.

그리곤 자리에서 일어나 현준과 파스타를 번갈아 쳐다보았다.

'강아지 같네.'

팔색조라면 팔색조였다.

무표정하기 이를 데 없는 아린도 자세히 살펴보면 여러 가지의 매력이 존재했다.

"만든 거야?"

현준은 별거 아니라는 듯이 말했다.

"오랜만에 만들어서 맛이 있을지는 모르겠다. 먹어 봐."

차고에 가져다 놓은 작은 상 위에 팬과 포크, 물을 올려놓왔다.

포크를 집은 아린이 파스타를 한 입 머금었다.

한 번 맛본 아린의 눈이 더없이 커졌다. 포크를 움직이는 손길이 빨라졌다.

"천천히 먹어. 안 뺏어먹는다."

꿀꺽!

아린이 잠시 먹는 걸 중단하며 현준에게 말했다.

"너…… 신?"

"그 정도로 맛있냐?"

"신님."

"여태까지 뭘 먹고 다닌 거야?"

현준은 어이없단 표정을 지었다. 그야 현준의 요리 실력이 괜찮은 편이긴 했지만, 돈이 없는 것도 아닐 텐데 더없이 훌륭한 음식을 먹었다는 반응은 낯간지러웠다.

아린이 시무룩한 어조로 말했다.

"인공적인 음식들. 직접 만든 건 별로……."

맛보단 직접 만든 것에 더욱 의의를 두는 듯했다.

현준은 동정의 눈빛을 보냈다.

"여기 있는 동안은 많이 만들어주마."

"응."

"먹고 그릇 올려 둬. 저녁에 올 때 치울게."

현준은 등을 돌렸다. 다름이 아니라 아린은 씻은 지 얼마 안 되었는지 머리에 물기가 많았다. 게다가 길게 묶은 댕기머리를 푸니 생머리가 나타났다.

물기에 젖어 있는 그 모습을 차마 오래 보고 있을 수가 없었다.

'진짜 여자 친구를 만들어야 하나.'

동생 경주의 말이 떠올랐다.

여유가 생기면, 그것도 나쁘지는 않겠지.

여러 망상을 하며 현준이 차고를 나섰다.

"……."

그 뒤를 아린이 조용히 지켜보고 있었다.

탈이 도착했다.

현준은 삼베옷을 입고 탈을 썼다. 가면 위에 외 안경을 덧씌우자 어쩐지 분위기가 더욱 살았다. 알 수 없어서 도리어 무서운 느낌이다.

「이제 말투만 바꾸면 완벽하도다.」

"그건 좀 생각해 보고."

모습을 확인한 현준은 짚신을 신었다.

아마존에는 없는 게 없어서 다행이었다. 이런 물건들도 팔고 있을 줄이야. 없는 것 빼고 다 있다더니 맞는 말 같았다.

'괜찮네!'

누가 자신을 현준이라 생각하겠는가.

변장은 완벽했다.

완전한 과거로의 회귀였다. 수백 년 이상 지난 패션이지만 그래서 훨씬 특색이 강하다. 평상시의 현준과는 너무나도 동떨어져 있었다.

'이제…… 가볼까?'

팔을 한차례 꺾으며 현준은 집을 나섰다.

F지구 현상범 소탕 작전의 시작이었다.

『퍼펙트 로드』 2권에 계속…

FANATICISM HUNTER
광신사냥꾼

류승현 판타지 장편 소설

FANTASY FRONTIER SPIRIT

「블레이드 마스터」의 류승현 작가가 펼쳐내는
판타지의 새로운 신화!

마도대전을 승리로 이끈 유리언 대륙의 영웅,
최강의 아크 메이지 제온!

그러나 '세상의 섭리'에 아내와 아이를 빼앗기는데……

『광신사냥꾼』

만약 그것이 정말로 세상의 섭리라면,
그마저도 무너뜨리고 말리라!

복수를 위한 제온의 위대한 여정이 시작된다!

Book Publishing CHUNGEORAM

유행이 아닌 자유추구 -
WWW.chungeoram.com

天藝武皇

천예무황

원생 新무협 판타지 소설

FANTASTIC ORIENTAL HEROES

진짜배기 무협의 향기가 온다!

『천예무황』

산중에서 평화로이 살던 의원 설운.
평범하게만 보이는 그에게는 씻을 수 없는
과거가 있었으니……

칠 년의 세월을 지나
피할 수 없는 과거의 업(業)이 다시 찾아온다.

'잊지 마오.
세상 모든 사람이 다 그대를 잊은 그때에도
나는 그대를 기억하고 있음을.'

정(正)과 마(魔)의 갈림길.
무림을 덮은 혈풍 속에서 선(善)의 길을 걷다!

말년병장 이등병되다!

에바트리체 장편 소설
FUSION FANTASTIC STORY

대한민국 남자라면 알고 있을 바로 그 이야기!
『말년병장, 이등병 되다!』

전역을 코앞에 둔 말년병장, 이도훈.
꼬장의 신이라 불리던 그가 갑자기 훈련병이 되었다?!

"…이런 X같은 곳이 다 있나!"

전우애 넘치는 군인들의
좌충우돌 리얼 군대 이야기!

Book Publishing CHUNGEORAM

유행이 아닌 자유추구 -
WWW. chungeoram.com

FANATICISM HUNTER

광신사냥꾼

류승현 판타지 장편 소설

FANTASY FRONTIER SPIRIT

「블레이드 마스터」의 류승현 작가가 펼쳐내는
판타지의 새로운 신화!

마도대전을 승리로 이끈 유리언 대륙의 영웅,
최강의 아크 메이지 제온!

그러나 '세상의 섭리'에 아내와 아이를 빼앗기는데……

『광신사냥꾼』

만약 그것이 정말로 세상의 섭리라면,
그마저도 무너뜨리고 말리라!

복수를 위한 제온의 위대한 여정이 시작된다!

Book Publishing CHUNGEORAM

유행이 아닌 자유추구 -
WWW. chungeoram.com